集英社オレンジ文庫

愚痴聞き地蔵、カンパニーのお家騒動に巻き込まれる。

仲村つばき

JN031482

本書は書き下ろしです。

目次

第一章　責任を果たせば、平社員でも特別賞与を支給します。　9
第二章　劇場開幕、主役は誰？　55
第三章　仏の顔は何度でも？　81
第四章　最川堂の救世主、そして失礼を地でゆく男。　111
第五章　養子たちの大ピンチ　173
——朝井洋平、そろそろ本気を出す。　251

最川堂社員名簿

朝井 詩央

あさい・しおう

総務部社員。地味で目立たないが、聞き上手。詩央に悩みや愚痴を聞いてもらうとホッと心が軽くなる…と評判で、いつしか『愚痴聞き地蔵』と呼ばれている。

アイドルグループ『ドルコレ』のかわゆりが推し。

七星 悠馬

ななほし・ゆうま

営業部第一営業課・関東エリア主任。アイドル顔で女性受け抜群な若手エース。

兵藤 光淳

ひょうどう・こうじゅん

カスタマーサポート部・埼玉コールセンター所長。高いクレーム対応能力で『仏の兵藤』の異名を持つ。実家は寺。

唐 飛龍

とう・ひりゅう

商品開発部化粧品開発課係長。有能だが、歯に衣着せぬ性格で敵も多い。

最川 藤十郎
さいかわ・とうじゅうろう

最川堂代表取締役

菅原 結果
すがわら・けっか

営業部第一営業課専務取締役

田畑 健人
たばた・けんと

営業部社員

駒沢 朱里
こまざわ・しゅり

営業部アルバイト

新多 博文
あらた・ひろふみ

人事部専務取締役

東 類子
ひがし・るいこ

人事部社員

中神 一也
なかがみ・かずや

広告宣伝課社員

不破 和幸
ふわ・かずゆき

総務部部長

米村 みね子
よねむら・みねこ

総務部パート社員

村上 凛音
むらかみ・りおん

秘書課社員

木之内 政治
きのうち・せいじ

物流部社員

鼎 みつば
かなえ・みつば

物流部社員

金川 京子
かながわ・きょうこ

物流部社員

今井 淳子
いまい・じゅんこ

コールセンター社員

朝井 洋平 あさい・ようへい
詩央の兄で、元板前見習い。
現無職。詩央の家で居候中。

かわゆり
アイドルグループ『ドルコレ』のメ
ンバー。メンバカラーはブルー。

イラスト／けーしん

愚痴聞き地蔵、カンパニーのお家騒動に巻き込まれる。

Guchikikijizou Company no
Oiesoudou ni Makikomareru
Tsubaki Nakamura

第一章　責任を果たせば、平社員でも特別賞与を支給します。

地蔵菩薩《じぞうぼさつ》とは、みずからが身代わりになって人々を救う菩薩のことである。サンスクリット語では「クシティ・ガルバ」。サンスクリット語がどこで使われているのかは知らないが、字面《じづら》としては東京二十三区内のガールズ・バーを彷彿《ほうふつ》とさせる。

穏やかな表情を浮かべ、赤い頭巾をかぶって路傍《ろぼう》にたたずむお地蔵さま。何を言ってもその懐《ふところ》で受け止めてくれる器《うつわ》の大きさ。

慈悲《じひ》の心で人々を包む、悩み多き現代社会の拠り所——。

に、なれているでしょうか。私はあくまで人間ですが。

最川堂《さいかわどう》本社ビル、会議室フロア・定員四名の八番小会議室。

総務部一般社員、朝井詩央《あさいしおう》はこう思っていた。

菩薩に擬態《ぎたい》したいなどと、身分不相応なことは言わない。それならばせめてガールズバーの店員くらい愛想よくしていたい。ガールズバーに行ったことはないが。

「ほんっとーに助かったわ、朝井さんに話きいてもらえて」

「……いえいえ。私は聞いていていただけなので」

「なんか話しやすいんだよね朝井さんって。もうついつい、いつも申し訳ないっ」

人事部の東類子《ひがしるいこ》は、詩央の前にパンと手を合わせた。微妙な気持ちになる。いよいよ本格的に地蔵なので、拝まないでいただきたい。

詩央は会議室の壁掛け時計をちらりと見やる。九時二十分。あと十分で朝礼が始まる。それまでに大会議室のガラステーブルにくまなくマイペットを吹きかけて磨《みが》き上げておきたかったのに、到底間に合わない。

前日には夕方の会議が入っていた。最後に使ったのはプライドの高い社員で埋め尽くされている経営企画部だから、下働きのようにガラスを拭いてくれるような人はいないだろう。大会議室のガラステーブルは指紋だらけで白く曇っているとみて間違いない。

もし目ざとい社員が指紋の残ったテーブルをみとめたらと思うとひやひやする。

類子の拝みタイムが終わったのを機に、椅子《いす》を早々に正して、ふたりは立ち上がる。

（まあ、今日はしょうがないよね）

八時三十分。早めに出社した詩央の前には、沈んだ面持《おもも》ちの中に、隠しようのない怒りをにじませた類子が立っていた。

新多《あらた》専務と意見の食い違いがあって、うまくいっていないの。

彼女の様子を見て、詩央は思った。

――積みましょう、徳、と。

耳を傾けるだけで人の役に立てるのなら、それでいいではないか。詩央は徳を貯金しているのである。

それに、社員の話を聞くのは詩央の大切な業務のひとつだ。総務部とは、社員のためのサービス部門なのだから。

類子はピンクゴールドの腕時計をちらと見やって、大会議室にヒールのつま先を向ける。人事部に戻るよりもこのまま会議室直行のほうが、遅刻せずにすむと判断したのだろう。

しかし、移動しながらも類子の口は止まらない。

「はあ。うちの新多専務もむかつくけど、新しく来た派遣の森《もり》さん、まじ何なのってかんじなの。仕事振っても断るし。単純作業のファイリングでもやろうとしないの。断って何するかと思いきや、ふせんを片っ端《かたぱし》から机に並べて、色分けして遊んでるの。それでたまに時計見て、ハアってため息ついてるだけ。これ派遣会社訴えてもいいよね!?」

「それはさすがに……え、ふせんを並べてるだけですか?」

各部の備品は詩央が発注している。最近ふせんの減りが早いと思ったら、七並べに使われていたせいだったのか。使い方が斬新《ざんしん》すぎる。

「そうよ。注意したら『体調が悪いので』ってトイレにこもって出てこないの。どういう人生を送ったら平気でそんなことできるのか私本気でわかんない。しかも森さんって、あきらかに四十代後半なのよ。社会に出てから約二十年間、ふせん並べて金もらってるってこと!? 意味わかんなすぎるわよ。真面目《まじめ》に働いている他の派遣社員の人よりも、なぜか単価が高いし。請求書を確認するたびに腹たってくるわ」

「面接のときに兆候とかなかったんですか？」

「あったらしいけど、私には決定権ないもん。前職で給与計算をしていた経験がある人だからって採用されたらしいけど、私はふせんの数を数えているところしか見たことない」

類子は三十二歳。人事部とはいえ、採用に口出しをできるようなポストをまだ持っていない。昇進の話がたちのぼっては消えてを繰り返している。

上司の新多と折り合いが悪いというのが、その一番の原因であろうと思われる。

一度話を切り上げたものの、彼女はたまりかねたように不満を漏《も》らした。

「もう、うちの新多専務はなにも言わないし無関心なのよね。人さえ入れれば任務完了だと思ってる。私がこんなに困っているのに。でも、朝井さんに愚痴《ぐち》って覚悟決まった。あの給料泥棒の契約、絶対切ってもらうから。そろそろ私も主任になりたいし、派遣社員の管理させてもらえないか言ってみる」

産休要員の仕事を引き継ぎ、現在派遣社員を管理しているのは新多である。通常業務の片手間にやっているので、おろそかになってしまうのかもしれない。

「類子さんがやる気になって、新多専務の抱えている仕事が分散されれば、もう少し実務に目を向けてくださるかもしれないですしね」

「そうだよね！　うん、絶対そう！」

　動機はどうあれ、類子は前向きな気持ちになったようだった。

　朝礼前に気持ちを切り替えられてよかった。

　不満を吐き出し終わって、晴れやかに歩き出す類子を見ていると、詩央もすがすがしい気持ちになる。

　大会議室にはまだ人がいなかったが、ガラステーブルにはやはりべったりと指紋がこびりついていた。

　九時二十五分になれば、いつもは物流部の木之内政治《きのうちせいじ》が一番乗りするはずだ。

（せめて、この指紋の存在を知っているのは私と類子さんだけにとどめておきたい！）

　彼に発見される前に、指紋を消し去らねば。まるで殺人現場の犯人になったような気持ちだ。

「あちゃあ、ひどいね。最後使ったの誰よ、まったく。あ、朝井さん。こっちから私拭くよ」

　類子は手伝ってくれるらしい。長時間拘束《こうそく》した罪滅ぼしだろう。

　マイペットを吹きかけ、ふたりして腕を振ってテーブルをこすりあげる。ほどなくして、木之内がやってくる。一階の自販機でいつものコーラを買ったのだろう。ズボンの左側にしみがついている。

「間に合わなかったかぁ」

詩央が言うと、木之内は鼻で笑った。

「またかい、地蔵《じぞう》ちゃん。こういうの、菅原《すがわら》専務が見たら大変だぞ」

木之内はしわがれた笑い声をあげると、広いおでこを撫《な》で、乾拭《からぶ》きして詩央のあとを追いかけてきてくれる。

地蔵じゃなくて、詩央です――。

と、訂正《ていせい》できないでいる。

なぜかほっとする、話きくのうまいよね、なんかお地蔵さんっぽい。そんなことを言い出したのは誰だったか。詩央のあだ名は名前をもじって地蔵になってしまった。ひとりが呼び出すと、あっという間に伝染する。苗字《みようじ》でまともに呼んでくれるのは類子くらいのものだ。なんでも、あだ名で社員を覚えてしまうと業務上苦労するらしい。人事部も大変である。

「本当に地蔵ちゃんは朝のんびりだな。朝井だけに朝イイ！　なのに。なんつって」

うう、違うんです。私本当は八時半には来てたんです。

詩央は心の中でそう思いながらも、木之内の面白くもないギャグに反応し、心の内でため息をつく。

最川堂の愚痴聞き地蔵。こんな自分でも、せめて誰かがありがたがってくれたらいい。しがない総務部一般社員。それくらいでしか人の役にも立てないし。

大手化粧品《けしょうひん》・製薬品会社最川堂。東大や有名私大卒のエリートにバイリンガルや帰国子女、学生時代に会社を経営、バックパックで世界一周、元プロスポーツ選手、研究レポートが学会で認められて鳴り物入り、最低でもそのくらいの経歴を引っ提げて入社する社員ばかり。むろん入社後も第一線で活躍している。

大学四年生の春。はっきり言って、記念で受けた採用試験だった。TOEICの点数は恥ずかしくて書けるレベルじゃなかったし、学生生活で特別な経験をしたわけでもない。卒業論文のテーマは「児童文学の変遷《へんせん》」で、まったくもって会社と関連性がなかった。

ただ、「就活」にかこつければ誰もが知っている最川堂の本社ビルの中をちょこっとのぞけるかも、という、それだけの好奇心だったのだ。当時夢中で読んでいた小説が、メイクアップアーティストが主人公のお仕事もので、最川堂とコラボしてドラマ化した。チョイ役ではあるが推しのアイドル「かわゆり」も登場したので、夢中で視聴した。

ちょうどその時期が、就職活動真っただ中だったのだ。

会社説明会へ行けばお土産《みやげ》ももらえるという。聖地巡礼気分だった。

まさか筆記試験と二度の面接をパスし、代表取締役の最川藤十郎《とうじゅうろう》と相まみえる日が来ようとは。あの時のことは、緊張で記憶もおぼろげだ。椅子に腰をおろすときにしくじって、かばんを蹴《け》っ飛ばしてからすべてが真っ白になった。

（内定もらったときも、家族や友達にも全然信じてもらえなかったもんなー……）

ガラステーブルごしに、凡庸《ぼんよう》な自分と目が合った。

よその会社はどうか知らないが、最川堂の総務部はいわゆる雑用係である。スタッフは部長の不破和幸《ふわかずゆき》と、パート社員の米村《よねむら》みね子のみ。手が足りないときは、倉庫アルバイトスタッフや研修中の新人がかけつけるという、社内で最も小さな部署である。昔は人事部や法務部、経理部が一緒になってにぎやかな管理部門であったとのことだが、次第にその道の専門家が集まり、組織が分裂した結果、総務部のやることは雑用ばかりになってしまった。注目を浴びるような華やかな仕事はひとつも回ってこないという。どんどん人が辞めてしまうので、誰もここに居着かないらしい。配属先が発表された時の、同期の気の毒そうな顔。

総務部に配属されたという事実より、彼らの表情にショックを受けた。

——あ、私ってやっぱり、期待されてなかったんだ。そうだよね。

配属発表の日、詩央の胃は冷え切って、ずんと重たくなった。人事部の新多専務まで、

「君は、まぁ……なんだ、しばらくがんばってみなさい」と、なんともいえない声をかけたほどであった。

詩央の最初の仕事は、会議室の掃除《そうじ》とトイレ詰まりの解消、文房具などの備品の発注だった。パートの米村さんから仕事を教わって、毎日を地味に滞《とどこお》りなく繰り返した。社内企画に応募したり、海外研修に希望を出しても、詩央にその役割がまわってくることはなかった。

そのうち社員寮や各種保険、物件の管理を任されるようになり、詩央も詩央で忙しくなった。出世できる部署でないからといって、暇なわけではないのだ。

このような日々に焦りをおぼえていることはたしかである。同期にはもう役職についている人がいる。社内で表彰されるほどの成果をあげた人も。スポットライトに当たりたいとは言わないが、自分が、二十七歳の社会人として通用するほどの実力を持っていたいとは思う。だが周囲を見渡せば自信を失ってゆくばかりだ。

入社できたことが奇跡ならば、奇跡は何度も起こらない。

（私って、愚痴聞くくらいしか本当にお役にたてないもんなー……）

いや、やっぱり「愚痴聞き地蔵」はちょっと。女性のあだ名としてどうなの。

しゅぽんと音を鳴らして、ペットボトルのキャップを開ける木之内政治とて、気のいいおじさんに見えるが元はエリート商社マンだそうだ。

「はい、全員会議室に入って。しめますよ」

てきぱきとした声で営業社員の号令がかかるころには、テーブルはすましたように磨《みが》きあがっていた。

肩で風を切るようにして会議室に集まる社員たちは、どの顔も自信に満ち溢《あふ》れている。

その中でひときわ輝くのは、営業部第一営業課専務取締役・菅原結果《けっか》。

目の覚めるようなオレンジのセットアップスーツに、スカーフをぴしりと巻いている。

八センチはあるであろうブラックのピンヒール。巻き髪を肩にかけ、斬りかかるように声を張る。

「九時三十分。朝礼を始めます。まず今週の売り上げ目標を、棚橋《たなはし》次長から」

ぴんと糸を張られたかのように、場が引き締まる。

本日も、最川堂の朝が始まる。

＊

三センチヒールでも不格好に張ったふくらはぎが、鉛《なまり》のように重たい。

バスに乗り込んで、ようやくほっと息をつく。

東京都練馬《ねりま》区、大泉学園《おおいずみがくえん》駅からバスで十五分。会社までのアクセスは良いとは言えないが、詩央の住まいは東京と埼玉の境界線にあり、築年数もあって家賃が安い。最川堂の給与があればもう少し駅近に設定できたが、いつクビになるかわからないという潜在的な恐怖を持っている詩央は、つつましやかなアパートを選んだ。

通勤はわずらわしいが、バスの揺れに静かに身を任せ、しだいに心が会社員モードからオフになってゆくこの時間が、詩央は嫌いではない。

バス停を降りて、コンビニや焼き鳥のテイクアウトの誘惑をはねのけて、おとなしくアパートの階段に足をかける。

家には明かりがついている。そして耳をすませれば、やたらと大きくて耳障《みみざわ》りな鼻歌。どへたくそなMONGOL800《モンパチ》。近所から苦情がくるから懐メロ熱唱はやめろとあれほど言ったのに。

「ただいまー……」

「おう。相変わらず死人みてえな顔だな、詩央」

洋平《ようへい》は悪びれずにそう言った。

玄関わきに取り付けられたキッチンからは、甘みと共にぴりりとショウガのきいた匂いがする。鍋《なべ》からただようこれは煮つけか。詩央はパンプスを脱ぎ捨て、かばんを置くとすぐに六畳《じょう》のリビングを確認する。

背の低い丸テーブルに載せられたのは四種のお造り、やわらかな湯気を放つお吸い物、大根おろしのたっぷりかかったレンコン入りハンバーグ。小鉢にはほうれん草のお浸しと鰹節《かつおぶし》入りの和風ポテトサラダ。

「今飯よそうから手洗ってこいよ」

彼はぶりの煮つけを鍋からすくいだすと、見覚えのない皿に盛りつける。

あの高そうな皿はなんだ。いったいどこで買った。というか皿を増やすのは許可していない。

「洋平。ごはんは質素にするようにって私昨日言ったばかりだよね？」

声がふるえるし、容赦《ようしゃ》のないおいしそうな料理の前に腹の虫もふるえる。怒りの感情とは裏腹に、ぐううという情けない音を出してしまった。

「しょうがねえだろ。寝てるだけじゃ腕なまるし」

「いい加減就職してよ！　いつまでうちにいる気なの。この間もお母さんから電話かかってきて――……」

「なんだてめえ。作ってもらっておいてその言いぐさかよ」

「頼んだ覚えないっての」

「じゃあ飯いらねえんだな？」

やくざのような強面《こわもて》ですごまれる。洋平の人相は悪いが、生まれたときから一緒の詩央は慣れっこだ。

「いらねえなら全部生ごみにシュートしてやるよ」

「待って」

ちらりとテーブルの上を見やる。輝くばかりの料理の数々。都内であの品数のランチを食べようと思ったら、千五百円……いや、千七百円は取られる。それでもお造りはつかないと思う。

「……いるけど。ていうか材料費も含めて私のお金だよね」

「お前も食うんだから当然だろ」

兄の洋平は、無職である。

もともと板前になるべく修業を重ねていた彼だが、とにかく仕事が長続きしなかった。ゆく先々で客や店主と喧嘩《けんか》してはやめる。調理師学校を出てから旅館やホテルのレストラン、料亭や居酒屋やキッチンカーやおでんの屋台まで、さまざまな場所を転々としたが、必ずクビになった。

喧嘩っぱやいし、かっとなるとすぐ手が出る。危なっかしくて包丁を持たせるわけにはいかない——先日もそのような最後通告を出され、和食レストランを解雇されたばかりである。

「ねえ、どこかのお店に面接に行ったらどう。募集とかあったりするんじゃないの？」

うるせえな、と洋平はくちびるをとがらせる。

「次は自分の店やるから。さんざんいろんな店で修業したんだ、もう修業は十分だろ。誰かにやとわれるのは性《しょう》にあわねえ」

「お金はどうするの」

「……銀行が貸してくれるだろ」

今の洋平を見て、銀行がお金を貸してくれるとはとても思えない。洋平が転がりこんできてから、詩央の貯蓄もみるみる減っている。料理を作ってくれるのはうれしいが、こだわって高い食材を買うし、映えるものを見つければ皿やグラスも見境なく買う。しまいには限定物の日本酒を勝手に取りよせている。請求書が届くたびに、詩央は気を失いそうになる。

「弁当作ってやるから機嫌直せよ」

いらないと言っても作るだろう。そして偉そうにするだろう。洋平とはそのような男である。

しかし、おいしそうにつやめく料理を責めることはできない。詩央はむくれながらも、座椅子《ざいす》クッションに腰をおちつけた。

「弁当くらいで機嫌が直るわけ……」

煮つけに箸《はし》を入れる。柔らかくてすぐに切れた。口に運べば甘辛《あまから》く、容赦なく広がるしょうがの香りがもっと、もっとと食欲をそそる。

詩央は、言葉と共に煮つけを飲み込んだ。

レンコンのしゃきしゃき感の残るハンバーグ。大根おろしでさっぱりと仕上げている。ポテトサラダはからし入り。もう一度煮つけに箸を伸ばし、詩央はちらりと目を泳がせる。

洋平は心得たように、冷蔵庫から日本酒を取り出し、とくとくと注いだ。口をつければさわやかで切れ味のある、文句のない冷酒だった。

「で、今日は何を愚痴《ぐち》られたんだ?」

「今日は大したことなかった。人事部の類子さんが——……」

一連の話を要約すると、洋平はあきれたように言った。

「お前、お人よしすぎるんだよ。昔っから人の話にうなずいてばっかりでよぉ。ショボい話聞かせるんじゃねぇって一回くらいつっぱねちまえばいいんだよ」

愚痴なんて聞いているこっちが暗くなるだろ、と洋平は言う。

詩央の母はとても愚痴っぽい人で（というか、その愚痴のほとんどが洋平に関するものなのだが）彼女はいつも聞き手役だった。洋平は母の愚痴が始まると「気ぃ悪いから外すわ」といっていつもどこかへ行ってしまう。

母はある程度愚痴をこぼすと満足して、以前よりもしゃっきりと動くようになる。無視するよりは聞いてあげたほうがいいのではと思うのだ。

「いや、なんていうか……愚痴ってさ、心をひらいてくれてないと、言えないことじゃない？　なんかその事実が嬉しくって、つい聞いちゃうんだよね」

「いいように使われてるだけだろ。人の時間つかってくだらねえ悩み吐くやつなんざ、俺は相手にしたくないね」

そうなのかもしれないけど。でも、その人の悩み事とか、関心事とか、そういうのを知ることができるのは、単純にうれしいなと思う。

類子の愚痴は、たしかに上司の新多専務や困った派遣社員とうまくいかないことが原因だったが、職場環境を自分の手で変えられないことにたいする憤《いきどお》りもあったと思う。彼女がそれに気が付いて、ぱっと立ち直った時、詩央は思わず感心してしまったのだ。

「私って……変わってるのかな」

「まあ別にお前がいいって言うならいいけど」

洋平は釈然としない様子で、手酌《てじゃく》でみずからのおちょこを満たしている。

「ほら！　それに愚痴を聞くと、徳も貯金できるし」

「徳？」

詩央はカバンからポーチを取り出し、大切そうに中身を引き出した。

「これ。かわゆりのグッズ、今回も自引きできたんだよ。シークレット四種で狙ったポーズを一発で引けたのは神すぎるでしょ」

レースとリボンたっぷりの夢見るような衣装。ドール・コレクションこと『ドルコレ』は、その名の通り西洋人形のような顔立ちの女の子ばかり集めたアイドルグループである。その中でも見かけによらずパワフルなダンスを披露するかわゆりの魅力。

そのギャップにドはまりしてはや数年。

かわゆりは長い黒髪をふたつに結んで、満面の笑みを向けている。ダンサーポジションの彼女がスタンドマイクと一緒に写っているショットは貴重で、どうしてもアクリルスタンドがほしかったのだ。

洋平は鼻で笑う。

「ゴミ集めて難儀《なんぎ》なこったな」

「ゴミじゃない！」

「まあいいんじゃないの。その推しとやらがモチベになるんだったらそれで」

兄は悪いやつではない。顔は怖いしキレやすいが、料理はうまいし、落ち着いているときは人の話をきちんと聞ける。

たぶん会社の人も、そうなんだと思う。愚痴話の登場人物になる人々は、自分勝手や常識はずれだと思うようなことはある。でもこうして腰を落ち着いて話せば、いいところも見えたりするかも……。

「あとお前の貯金残高、残り七千円だから」

くっと日本酒をあおって、洋平は言った。

「はっ!?」

「とうとうツケで物買えなくなったから、ちょっと借りたわ。言ったからいいよな」

「えっ？　なんで!?　どうやって？」

「お前のキャッシュカード抜き取って、お前の推しの誕生日入れたら、引き出せた」

洋平は、彼の背中に位置するかわゆりのポスターを親指で指す。

彼女の誕生日は十一月十五日。

「お前、推しの誕生日だ～とか言って先月ケーキ食ってたよな。それでひらめいたってわけよ。武士の情けで七千円は残したわ。お前も女だし美容院くらいは行きたいかなと思って」

「何が武士の情けだ。来月の家賃引き落としもまだだって」

「冬のボーナス入るだろ？　持つべきものは大企業にお勤めの妹様だわ。愚痴でも何でもジャンジャン聞いてこいって。俺がその分うまいもん作ってやるから」

洋平はおちょこを掲げる。

前言撤回。兄の良いところは、完全にわからなくなった。稼《かせ》いでも稼いでも貯金を食いつぶされる自分の未来も、まったくもって見えない。

＊

詩央は、デスクの上にはがきを取り出した。

通勤用かばんの底で、のり付けされたまま潰れていた圧着葉書。

電気料金の、引き落としのお知らせである。

会社宛《あて》ではなく、詩央の住んでいるアパートの住所宛で、債務者も詩央本人だ。

詩央の銀行口座には、七千円しか入っていない。正確には六千九百二十四円で、これは通帳を記帳したときに印字された数字である。洋平は七千円は残したと言ったが、現実はがっつり七千円を切っている。

息をのみ、祈るような気持ちで、のりづけのテープをはがす。

【十一月分電気料金　六千四百三十二円】

胃が冷たく冷え切って、どうにか唾液《だえき》を嚥下《えんか》する。首の皮一枚つながった。いや、つながっていない。給料日までどうやって生活すればいいのだ。ボーナスが入るといったって、これからカードの引き落としもあるし、家賃だって払わなくてはならない。通勤用のコートは毛玉が目立ってきたし、パンプスのかかともすり減っている。洋平の言うとおり、美容院に行かなくては枝毛が目立つ。社会人でいることは、必要経費がそれなりにかかるのだ。最悪美容費は年明け以降でいいだろうが、これからクリスマスや正月を迎えるにあたり、洋平の浪費癖《ぐせ》はますますエスカレートするだろう。火の車である。

なにより、ドルコレに関するすべての供給を金銭的にあきらめるのは、身を切るようにつらい。

（給与の前借りってできるんだっけ……会社にお金借りたりとか、してる人っているのかな……）

もし前借りできるとしても、会社における信用がたしかな人物だけだろう。雑用しかしないくせに、給与まで前借りするつもりなのかと問われたら、立ち直れそうにない。

詩央の実家はけして貧乏というわけではないが、裕福であるわけでもない。大型家電が壊れれば母はなげいてへそくりを確認するし、地元企業でサラリーマンをつとめあげ、定年した父の趣味は月に一度、シニア料金で映画を見に行くことと、家庭菜園を営《いとな》むことだった。

お金を用立ててほしいとは言いづらい。そして、何より家族に心配をかけたくなかった。

(でも友達にお金借りたり、消費者金融に手を出したりするのも無理……)

類子に社員の利用できる貸付金の制度があるのか聞いてみようかと思ったが、自分が原因で彼女がまた新多専務ともめることになったらまずいと考え直した。

悶々《もんもん》としていると、内線電話のコール音が鳴った。

「総務部朝井で……」

「お疲れ様です秘書課の村上《むらかみ》です」

かぶせるようにして食い気味で話すのは秘書課の村上凛音《りおん》である。

詩央の同期社員で、以前はとても話しやすい人だった。詩央が総務部に配属されてからは徐々に居丈高《いたけだか》になり、今では完全に見下している。新人時代に猫をかぶっていた彼女とはまるで別人だ。

「朝野《あさの》さん、至急社長室へ向かってください」

「あの、朝野じゃなくて朝井……」

「それは失礼しました。とにかく、社長は十五分後にミーティングを控えています。手早く移動してご用件を聞いてください」

「えっと……何かありましたか?」

凛音のあまりの勢いに、メモ帳に伸ばした手が止まっている。

社長に呼ばれる心当たりがない。社長と接点を持ったのは出張中に飼い犬を預けるペットホテルを探してほしいと頼まれたのが最後だ。業務に関することなら、たいていは秘書課のスタッフが受けて各部署へ仕事を配分する。最川藤十郎は、同じ社屋にいながら星のように遠い存在だ。

「私は存じ上げません。とにかくすぐに来てください。伝えましたから」

乱暴に受話器が下ろされたのだろう。割れるようなノイズと共に音声が切れる。

「地蔵ちゃん、どうしたの」

総務部部長・不破和幸。寂しくなった頭髪と、垂れ目で人の好《よ》さそうな顔。よれよれの灰色のスーツに袖《そで》を通し、いつもデスクの引き出しをお菓子でいっぱいにしている。今も、ネットサーフィンのかたわらべたついたべっこう飴《あめ》と格闘中。彼まで最近は詩央のことを地蔵ちゃんと呼ぶ。だんだん「地蔵」が定着してきて、本名の朝井が薄れてきている。先ほどの凛音の呼び間違えが良い例だ。

「社長から呼び出しです……」

「あらまあ。何やっちゃったんだ」

「何もしてないですよっ」

「何もないといいけどねぇ」

「よ、米村さん。不吉なこと言うのやめてもらっていいですか」

パート社員の米村さんが、アルコール製剤をボトルに詰め替えながら鼻歌を歌っている。特徴的なソバージュパーマに前掛けのエプロン。七色のトルコビーズで彩られためがねチェーンで、いつも首から老眼鏡をぶら下げている。

痩《や》せすぎなほど痩せているが、ひと一倍てきぱき働く。なんとなく、キツツキを思わせる人だ。

「ごめんなさいねぇ、でも社長から呼び出しなんて、めずらしいじゃない。うちの部署、めったに社長からお声なんてかからないのに」

「まあ、総務は縁の下の力持ちだからね。お上《かみ》はいちいち縁の下なんて覗《のぞ》かないさ」

寒さ対策用のカーディガンを乱暴に椅子《いす》にかけ、置きジャケットを羽織《はお》る。そのますっ飛んでいこうとしたが、思い直してメモとペンを手にとった。

「とにかく行ってきます！」

最川堂ビルの最上階、社長室と秘書課の位置する十五階のボタンを押す。

子供の時から「呼び出される」ことに慣れない。先生に呼び出されるときも、友人に呼び出されるときも、決まって要件は胃の重たくなるような話だった。やれ成績がふるわないだの、お宅のお兄さんのせいで迷惑しているだの、紹介したい商品があって、これのおかげで人生が変わっただの、チャクラの力で世界を救う偉大な先生に会ってほしいだの――人を呼びつけておいて、どの人もうんざりするようなことばかり言う。

秘書課のオフィスを通り過ぎると、凛音が顔を上げ、ちらりとこちらを見ていた。女子アナを思わせるナチュラルで優し気なメイクとは裏腹に、遅いと言いたげなきつい視線だ。

詩央はガラス張りの社長室を覗く。最川藤十郎は、オフィスチェアにゆったりと腰をかけ、老眼鏡をずらしてパソコンをにらんでいる。息を深く吸って、ノックをする。

「どうぞ」

ああ、社長にどうぞって言われちゃった。そりゃ言うか。何やってんだ私。

詩央はなるべく足音をたてずに社長室に踏み入った。

「失礼します……」

大型モニターのパソコンに、カラーボックスに入った未決済の書類の山。黒革の手帳はひらかれ、クリーム色のページの上にはネイビーの光沢の万年筆。コーヒーが注がれたグレーのマグカップは「SAIKAWADO」のロゴ入りの非売品。入室者に見えるような位置、わざと斜めに置かれた銀製の写真立てにはアプリコットカラーのトイプードルの写真がおさまっている。

「座って」

ソファの上に、詩央は腰をおろした。立ったままの方がいいんだっけかと思ったが、社長はまだパソコンをにらんでいる。御年七十四歳、いまだに現役で活躍する最川堂のトップ、最川藤十郎。

藤十郎は、戦後まもなくの苦しい時代に少年期を過ごした。薬売りをしながら生き抜き、兄と共に『最川製薬』を設立。高度経済成長の流れにうまく乗り、化粧品《けしょうひん》事業を立ち上げる。基礎化粧品に力を入れた現在の看板ブランド『最川堂』はシリーズ通して大ヒットとなり、社名もブランド名の『最川堂』に変更した。兄が亡くなると、藤十郎が最川堂の代表取締役に就任する。

最川堂はメインラインの最川堂シリーズのほかに、次々と新しい商材を見つけてはスピード展開で商品化する、若者向けコスメブランドをいくつも手掛けている。新商品をリリースするたびに消費者の心をつかんで離さない。

この会社を大企業にのしあげた、生きる成功の歴史。それが最川藤十郎である。

「さて」

めがねを置いて、藤十郎は深く息を吐いた。たっぷりとしたロマンスグレーの髪を後ろになでつけ、大きな瞳は垂れ気味だが目つきには威厳がある。恰幅《かっぷく》の良い体を質の良い紺《こん》色のスーツで包み、赤いネクタイをぴしりと締めていた。銀色のネクタイピンが照明に反射している。

社長室という場所ゆえか、ため息一つで人を屈服させるような、圧倒的な強者《つわもの》のオーラを感じる。

「総務部の朝井さん……だっけか」

「は、はい。朝井詩央と申します！」

「別名、愚痴《ぐち》聞き地蔵ね」

「は……」

詩央は、ぴしりと固まった。

「いや、面白いうわさを耳にしてね。朝の会議室に行けば、なんでも愚痴を聞いてくれるお地蔵さんみたいな社員がいるって。毎日のように人が詰めかけて、今や予約制だとか」

「よ……予約っていうか、その……」

ダブルブッキングしては申し訳ないので、愚痴を聞いてほしい日は前日までにＬＩＮＥをくださいと言っている。社員たちのストレスがたまっているのか、会議室前で複数人が詩央を待ちかまえていたことがあったのだ。

とくに最近は、春に配属先が決まる新入社員が詩央の出勤を心待ちにしていることが多い。研修中のこの時期はみんな不安なのだ。

「希望する方に……ＬＩＮＥで……順番をとってもらっています……」

何を言っているんだ私。個人営業のエステティシャンかよ。

「社長っ！　申し訳ございませんでした！」

詩央はとっさに立ち上がり、頭を下げた。

できるだけ業務時間外に済まそうと思ったが、愚痴る方はそう簡単に切り上げられないこともある。時折朝礼を遅刻してしまうこともあったし、続きは退社後にしてほしいと言って、残業しないで仕事を切り上げてしまったこともある。追い詰められた社員が次々とＬＩＮＥで泣き言を言ってくるので、こっそりデスクで返信してしまったことも。

不破部長は大目に見てくれているけれど、きっと誰かが詩央の業務態度に思うところがあって、社長の耳に入れたのだろう。

「なぜ謝るんだ。君が愚痴を聞くと不思議と職場環境が改善される、ご利益があると有名だよ。問題行動の多い派遣社員が取り換えられたり、コールセンターの社内システムのスピードアップに開発部門が動いたり」

「それは……あの、でも私の力じゃないです。話を聞いた後に、相談してくださった人が動いているだけで……」

類子はあの後、さっそく派遣社員のとりまとめ役になった。

新入社員たちは今カスタマー研修の真っ最中で、たびたびコールセンターのシステムについて報告を受けている。

詩央は開発部に電話を一本入れただけだ。不自由に慣れ切っているベテラン社員より、研修に来た新人の方が、システムの使いにくさを発見しやすい。彼女は不具合の内容をそのまま伝えるだけですんだ。

「私自身は、何も……たいしたことできてないです。すみません」

「その自覚はあるようだね」

藤十郎は笑みを浮かべたまま言った。

どきりとする。心臓をわしづかみにされたような緊張感。

社長はにこにこしているのに、詩央はちっとも笑えない。真冬だというのに、手のひらが汗でしめってくる。

（たしかに、私社会人五年目なのに、ずっと自信持てないままだ……）

詩央なりに懸命に働いているつもりだが、正直言って自分の仕事では給与をもらいすぎていると思う。贅沢《ぜいたく》なことを言っている自覚はあるが、肩身が狭い。

会社のお荷物になりたくなくて、入社後に英語を習ってみたりちょっと怪しいビジネススピーチの教室に通ったりしたが、いまいち役立てる場面に出会えない。

けれど転職する度胸もない。転職するとしたら、今より給与は確実に下がる。無職の兄を支えられるのか、自信もないのだ。

なにかのまぐれで最川堂に入れた。運の良さだけが自分のいいところだ。

だから、誰かが自分の無能さに気が付くまで――。詩央は息をひそめているしかない。

我ながら情けない。詩央はぐっとこぶしをにぎりしめる。

「朝井詩央。入社五年目、二十七歳。総務部所属。最川堂社員の中でも一・二を争う地味さ。どの場所においても存在感がない……」

「あ、あの」

「君みたいな子がぴったりなんだ。私の密命をくだすにはね」

「ミツメイ……？」

「そう、密命だ」

江戸時代の将軍が、扇《おうぎ》を広げてひっそりと家臣に耳打ちする、そんな様子が思い浮かんだ。

「あっえっ、密命？　私にですか？」

「選ばせてあげよう。この密命を受けるか受けないか。このまま回れ右して君は帰ることもできる。だがこの密命を受けたら――そうだな。通常のボーナスのほかに特別賞与をさしあげよう」

「特別賞与!?」

思わずがっついてしまった。

お金。今まさに詩央が渇望《かつぼう》しているものである。

（いや、まず密命って何。特別賞与がどうとかいうよりそこ確認しないと。通常のボーナスとは別ってことは、えっ、今年すごいお金もらえちゃうってこと!?　いや、だから密命って何。とりあえず聞かないと。社長に聞かないと）

混乱する詩央をよそに、藤十郎はゆっくりとネクタイをいじっている。

「いくらがいい？」

「えっ」

「特別賞与がもらえるなら、いくらほしい？　私のポケットマネーから支払うから、世間一般のルールは度外視してもらって構わない」

そりゃ、いくらでも欲しいです社長と思ったが、詩央はまごまごとした。

「決められないか？　なら五千万円はどうだね。不足かい？」

「ごっごごごっ」

「さすがに五億円は厳しいが」

「ごごごごごごごごご」

「落ち着いて」

詩央はゆっくりと深呼吸をした。

「五千万なんて、う、受け取れませんっ。そんな大金！」

詩央はちらりと秘書課の方を振り返った。ガラス張りだが、防音設備がしっかりしているせいか、扉を閉めれば声は漏《も》れ聞こえることはないようだ。観葉植物の陰から村上凛音のデスクを覗《のぞ》きこむが、彼女は涼しい顔でモニターの前に座っている。

「朝井くん？」

「はっ、すみません」

詩央は藤十郎に向き直り、ずずっと鼻を吸った。観葉植物の葉で鼻先をこすってしまったのだ。

社長くらいになると、ポケットマネーが家を建てられるくらいの金額になるのだろうか。二十三区内で土地付きだと五千万では足りないのかもしれないが、詩央の地元ならずいぶんな豪邸が建てられる。

しかし、ラッキー！　五千万！　棚《たな》からぼた餅《もち》だぜぇ！　となるほど、詩央は単純でもなかった。

逡巡《しゅんじゅん》したが、詩央はもごもごと口元を動かした。

――言うのはタダである。

「あの……もし、密命をお受けしたとして、たとえば百万円くらい、いただけたりすることってできるんですか」

詩央はいままで、三桁《けた》のボーナスをもらったことはない。役職付になればそれほどの金額をもらえると耳にしたことはあるが、詩央にとっては夢のまた夢であった。

百万円があれば、光熱費や家賃、カードの支払いにしばらく青くなることもない。新しいコートもパンプスも、ドルコレのクリスマスイベントも、あきらめずともよい。大きな支払いさえ終えてしまえば、あとはいつもの給与で十分立て直せる。

「いや、あの、やっぱり大丈夫です。あの、できたら五万円くらい貸していただくのでも」

「百万程度でいいのか。本当に？　百万？」

詩央はこくこくとうなずいた。

「控えめだね、朝井さんは」

「ほ、本当に百万円……賞与で……!?」

学生時代からあまりお金を使うことに慣れていなかった詩央にとって、憧れを持てるのはだいたい百万円だった。節約系の雑誌やブログでも「年収いくらで貯蓄する方法」のような特集ではまず百万円が目標金額になっていることが多い。

十万円だと洋平にすぐに使い込まれてしまうし、欲を言うならもう少しほしい。詩央にとっては大きく出た方だった。百万円なら実際にボーナスで受け取る社員がいるのだから、必要以上に気兼ねしなくてすむ。……密命の内容によるだろうが。

「もっとふっかけてくれてもよかったのに。だがいいだろう。百万円、個人的にさしあげよう。ただし密命を受けてくれるならね」

社長は余裕の表情だった。ネクタイの位置を直すその左手に、金の時計が光っている。おそらくその腕に巻き付いているものは、詩央の特別賞与よりもはるかに高額なものであろう。

「どうするんだ。受けるのか受けないのか。今すぐ答えを出してくれ」

詩央はうろたえた。

自分から金額を提示しておいて何だが、社長の密命は何が待ち受けているかわからない。そもそも、うだつの上がらない詩央をここに呼び出した意図とは。

(もしかして、これ、遠回しなリストラ宣言!?　特別賞与もあげたし、いきなり切っても文句言うなよ的な……)

最川堂の詩央の立場は安定していない。強みもないし、まぐれで入社できただけの落ちこぼれだ。長い会社員人生、ここにいてもどこかでリストラにあうかもとは思っていた。いよいよ年貢《ねんぐ》の納め時というやつだろうか。だが、年貢を納めるどころか藤十郎はお金をくれると言う。これほど良い話なのだ、確実に裏がある。

だが、詩央には先立つものが必要である。今の預金残高は七千円……いや、六千九百二十四円だ。

このまま洋平に金を使いつぶされて、いつか消費者金融やリボ払いに手を出す自分の姿がもう、すぐそこに見えている。リボはすでに手遅れかもしれない。クレカの暗証番号も、推しのアイドル「かわゆり」の誕生日と一緒だ。洋平がこっそりカードを抜いて買い物していてもおかしくない。分けておけばよかった。

「あの……その密命って、特別な資格とか能力が必要ですか？」

「なにも」

「海外に渡ってなにかを調査したり」

「時と場合による」

「英語能力は、あの、日常会話と身振り手振りがいけるかなってレベルで……」

「いらないいらない。とにかく君にでもできる簡単なお仕事だ。いや、むしろ君に頼みたい。だからここに呼んだんだ」

「私に……ですか？」

藤十郎はうなずいた。

なんだか知らないが、ここまできて「やっぱりやめときます」と引き下がるのは、おさまりが悪い。

藤十郎が熱心に言うのだし（なにより特別賞与はとても魅力的だし）彼の気が変わらないうちに、話を聞いてみたほうがいいのではないだろうか。

脳裏《のうり》に「かわゆり」の輝くばかりの笑顔が思い浮かぶ。

……先立つものがあれば。

もしかしたら、明るいお正月の展望が見えるかもしれない。この密命によって。

「社長、受けます」

「君ならそう言ってくれると思ったよ」

藤十郎は白い歯を見せて笑った。

「でも……私でもできる『密命』っていったい何でしょうか？」

なにしろ特別賞与を言い値で払うと言うのだ。

（ま、まさか犯罪行為とかじゃないよね。死体埋めるの手伝えとか、どっかで麻薬飲み込んで運んでこいとか）

いまさらながらその可能性に思い至ったが、社長の資産があればその道のプロを雇えそうである。

「時に、朝井くん。君って平凡だよね」

「えっ、あっ、はい、そう……ですけど」

改めて言われると、けっこう落ち込む。

「そう。君も自覚していると思うが、君の能力は凡庸《ぼんよう》だ。地味なのは見た目だけじゃない。朝礼で立っていても一瞬で壁と同化するし、社員のほとんどは君の名前を正確におぼえていない」

「しゃ、社長。一応私も傷つくっていうか」

「だがその凡庸さを私は買っている。草として放つにはこれ以上の人材はいない。みなが君に愚痴《ぐち》を言うのは、君の前なら甲冑《かっちゅう》のひもをゆるめても良いと思っているからだ。社内で、君ほど人を油断させることに長《た》けた人物はいない。不破君でもいいけど、もうポスト的に油断させるのは無理だしね」

「あのう」

社長が視線をそらす。ガラスの向こうで、凛音が腕時計を指さして、サインを送っている。

「ミーティングまであと五分だな。手短に言おう。私はもう高齢で、世代交代は近い。この話は君の耳にも入っているだろう」

「はい」

おそらく次の社長は、取締役の営業部菅原結果、もしくは同じく取締役の人事部新多博《ひろ》文《ふみ》――どちらかになるだろうと言われている。最川堂のユーザーは女性が八割。社員も女性社員が男性社員を上回っている。働きやすさの面からみても、女性の結果を後継者に望む声は大きい。

「そのため、社員の中から養子を三人取った」

「えっ!?」

「三人の養子の中で、誰が後継者にふさわしいか、君に選んでもらいたい。これは社運を懸《か》けた『密命』だ。養子についてはあとでメールする。このタブレットで受信して」

社長はデスクから、ピンク色の小ぶりのｉＰａｄを取り出した。

「え、しゃ、社長。なんて⁉　養子⁉」

菅原取締役でも、新多取締役でもなく、なぜ養子⁉　それも三人⁉

ていうか、なんで私が後継者を決める⁉

口をぱくぱくとさせる詩央に向かって、藤十郎はくちびるの前でひとさし指をたてる。

「このことは他言無用だ。詳細はメールで」

「あの⁉」

小刻みなノックの音が響く。ガラス扉の向こうでは、凛音が腕時計をにらんでいる。

「村上君、どうぞ」

「社長、お話し中失礼します。すでに先方は会議室にご案内済みです。七番大会議室、川《かわ》内《うち》薬品の長嶋《ながしま》社長、甲野《こうの》専務、ならびに社員の方四名となります。我が社のメンバーは菅原取締役を含め営業部社員三名と商品開発部から唐《とう》係長。また発熱のため経営企画部の結《ゆう》城《き》主査はリモートで参加に切り替わりました。遠隔参加含め弊社《へいしゃ》側は先の社員五名です。お茶とスクリーンの準備は完了しております」

凛音は扉をあけ、すらすらと報告した。

「わかった。結果に進めておけと伝えろ」

「かしこまりました」

ちら、と詩央の方を見て凛音はため息をつく。

「朝野さん。聞いていましたよね。緊急のミーティングは終わりです。それとお水のペットボトルが残りひとつとなっていました。補充をお願いします」

散った散った、と言わんばかりの口調だった。詩央は恐縮して、社長室を出た。

朝野でなく、朝井です——と、訂正《ていせい》し忘れた。

*

総務部　朝井殿

お疲れ様。先ほどの密命、受けてくださり感謝です。

養子についての詳細は添付ファイルにまとめてあります。

社内で毎日のように愚痴を聞いている朝井君なら、本当に会社のためになる人材を選べるのではないかと思いました。

もちろん、養子については本人たちと私、そしてごく一部のコアな社員しか知りません。菅原取締役でさえも。

総務部の社員ならば、守秘義務については理解しているはずだと思うけれど、もし私の意図していないタイミングで養子の件が外に漏《も》れたら、退職してもらいます。

情報の取り扱いはくれぐれも注意するように。

次の決算日――三月末までに、朝井君なりの答えをください。

特別賞与は、まずは前金として五十万、君の給与口座に振り込みをしました。

(それらしい理由をつけて経理部から口座を聞きだすのは苦労しました。何かあったら口裏を合わせておくように)

最川

最川社長
お疲れ様です。

先ほどは貴重なお時間をいただきありがとうございました。

いくつかご質問をさせていただいてもよろしいでしょうか。

まず、社長がなぜ養子縁組をされようと思ったのか、その意図をお聞かせ願えますでしょうか。

弊社には菅原取締役をはじめ、優秀な社員がそろっています。経営陣の中から選んでも、後継者には事欠かないのではないかと思います。密命をお受けするにあたり、このあたりのご事情は伺《うかが》っておいたほうがいいのではないかと思いました。

そして、今後の最川堂の未来を私のような一般社員が判断するのはあまりn i

「地蔵ちゃん、ちょっといいかね」

「は、はいいっ」

タブレットをぽちぽち動かすのには慣れない。スマホのフリック入力もパソコンのブラインドタッチも問題ないのに不思議だ。

会社のパソコンからやりとりをして、他の社員が内容を盗み見てはいけないという配慮《はいりよ》だろうけれど。

（人が出払ってたから油断してた。もう席でタブレットいじるのやめよう）

——もし私の意図していないタイミングで養子の件が外に漏れたら、退職してもらいます。

さりげなく書き添えられたこの一文は、あまりにも重たい。

社長のメールにあったとおり、通帳を記帳すればたしかに前金の五十万円が振り込まれていた。これで、もう後戻りはできないことになる。

いつのまにか昼休憩から戻った不破部長のよびかけで、あわててタブレット端末を休憩用のミニトートバッグに押し込んだ。

タブレットはあくまで借りているだけだし、帰りに家電量販店でこの型に合ったケースを買わないと。傷をつけては大変だ。……安いのあるといいな。

「あの、ペットボトルのストックって、どこだっけかあ」

「わ、私やります。座っててください」

不破部長は先月ぎっくり腰で有休をとっている。体力仕事を任せるわけにはいかない。

(今日は金曜日。本当はドルコレのライブだよぉ。新曲もまだ三回しか生で聴けてないのに)

カレンダーを見やって、軽くため息。厄介《やっかい》な仕事も受けたし、ドルコレはしばらくお預けになりそうだ。

しかし、密命を受けた以上は仕方がない。社長のオーダーでは、三月末の決算日までには答えを出す必要がある。今は十二月の頭、実質四か月しかない。

会議用のペットボトルを冷蔵庫にセットし、社宅の賃貸保険契約の一覧表を更新し、リクエストのあった書類を外部倉庫から取り寄せて、備品の発注を終える。

ようやく昼休みを迎えると、詩央はミニトートバッグに財布とスマホとタブレットを入れた。トートバッグはドルコレのオリジナルグッズ、五周年記念ライブの限定もので、やはり徳を積んだおかげでかわゆりカラーをゲットできた。持つたびに気分が上がったけれど、今日だけは例外らしい。めちゃくちゃ胃が重たい。

「珍しいわね。いつも美味《おい》しそうなお弁当なのに」

米村さんが、めざとく声をかけてくる。

洋平の作った弁当は総務部の冷蔵庫の中だ。帰ってから食べよう。

「たまには外がいいかなって思って」

「そうねえ。よく晴れてるし。行ってらっしゃい」

詩央は虫のようにかさかさと移動し、会社から少し離れたコーヒーショップに入った。サンドイッチとラテを手早く注文し、席に着く。

周囲に人がいないか念入りに確認し、タブレットの電源を入れた。

先ほどのメールの続きを打って、「えい」と送信ボタンを押す。とりあえずこれで、社長からの返事待ち。ぬるくなりかけのラテを口に含み、乾いたサンドイッチをかじった。

そして、添付ファイルに指先を伸ばす。パスワードを求められた。あわてて社長のメールをさかのぼって確認。もう一通メールがきている。

この、パスワードを伝えるためにメールを分ける文化って、何か意味あるのかな。システムにうといからよくわからない。

別メールには四桁《けた》の番号『1115』が記載されている。

（えっ、かわゆりの誕生日じゃん）

まあ、偶然だろうけど。推しがいるとなんでも推しと関連付けて生きるようになるの、いい加減やめたい。

気を取り直して、パスワードを入れる。余計なアプリの入っていない簡素なタブレットは驚くほど軽くて、ワードファイルが起動して、すぐさま開いた。

第二章　劇場開幕、主役は誰？

大仰《おおぎょう》にワードファイルが広がったわりに、記載されていたのはたった三行だった。

・営業部第一営業課・関東エリア主任　七星悠馬《ななほしゆうま》

・カスタマーサポート部　埼玉コールセンター所長　兵藤光淳《ひょうどうこうじゅん》

・商品開発部化粧品《けしょうひん》開発課係長　唐飛龍《とうひりゅう》

「この三人が……」

詩央《しおう》は、その三行を繰り返しながめた。意外なことに女性社員はひとりもいない。全員が二十代後半から三十代前半の若手社員である。

（全員、話題にのぼりやすい社員だな。特に最後の唐さんは、新しい看板のスティックシリーズ開発した人だよね）

スティックコラーゲンとスティックビタミン。美肌をつくるための栄養素をたっぷり入れた健康食品である。健康食品事業と化粧品事業の共同開発商品で、社内が一丸となって開発から販売まで動いていた。

　このスティックシリーズは大人気の中華コスメデザイナーを起用したインスタ映えする商品で、好きなキャップの色を付け替えられる。推し活ブームにも乗っかって、推しカラーのグッズを持ちたい女子の需要《じゅよう》もばっちりかなえた。かくいう詩央も、かわゆりカラーのブルーのキャップでコラーゲンを愛用中だ。

　保守的なメインラインの化粧品に対抗するかのごとく、革新的なアイデアでユーザーをうならせてきた鬼才・唐飛龍。

　他にも、メインラインの化粧品をミスト状にした「星座」シリーズも彼の発案で、発売以降売上げは続伸している。

（【仏の兵藤】も入ってる……）

　埼玉コールセンターの所長、兵藤光淳。彼が声を荒らげるところを誰ひとりとして見たことがないと言う。穏やかな笑顔を浮かべ、どんなに理不尽なクレームも甘い美声で黙らせてしまう。そんな彼の実家はお寺で、その背景もあいまって仏の兵藤と呼ばれている。

　いつしかの社員研修で、たしかグループワークが一緒になった。同じグループの木之内《きのうち》政治《せいじ》に、「うちには仏も地蔵もいて縁起《えんぎ》がいいなあ」と言われたことがある。

（そして、営業社員の若手エースの七星さんかあ。なかなかに手堅い人選だわね、さすが社長）

アイドル顔で人なつっこさが魅力の七星悠馬。とにかく女性受けがいい。イベント会場に持ち込むタイプの化粧品は、必ず全部売りさばいてくる。そもそも持ち場の多い関東エリアが担当になる時点でかなり期待されている証拠だ。どこにいっても可愛《かわい》がられるタイプのキャラクターである。

（やばい。この時点で全然決められないわ）

詩央はサンドイッチの残りをかじりながら、暗い面持《おもも》ちになった。そもそも社長とて、ひとりに決められるならわざわざ詩央に意見など聞かないだろう。

……今更だが、平社員の自分が次の社長を決めるというのは、本当にありえることなのだろうか。

たしかに五十万は振り込まれていたので、藤十郎《とうじゅうろう》は本気なのだと思う。

愚痴《ぐち》を吐きにくる人が後を絶たない今の会社が、すべての人にとって良い環境とも言えないだろうが、次の社長しだいでは、もっと社員の愚痴は増えるかもしれない。

（責任重大すぎて、胃がきりきりする）

食べたばかりのサンドイッチがもたれている気がして、詩央はうんざりした。

タブレットは静かだ。社長はメールを見たのだろうか。

（ていうか、返ってこない可能性も濃厚だな）

詩央はタブレットを閉じる。

ともかく、一度はやると言ってしまったのだ。適当に決めておきましたではすまない。

本人たちを見てみないと、なんの判断もくだせない。しかし困ったことに、同じ会社の社員とはいえ、この三人との接点はほとんどないのであった。

ちょうどよくスマホが光り、ＬＩＮＥの通知が浮かび上がる。

「すっごくタイムリー。人を知るからには人事からだよね」

類子《るいこ》である。困った派遣社員を無事に追い払った記念に、飲みに行こうと誘っている。

メンバーは類子を含め二十代の女子社員数名だ。

飲み会のメンバーを注意深くながめる。その中に営業部のアルバイト駒沢朱里《こまざわしゅり》の名前があった。心の内で感嘆《かんたん》する。さすが類子、顔が広い。

……営業部。七星悠馬の話が聞けるかも。

守秘義務があるので養子の件を直接的には聞けないが、彼女たちから拾えるものはあるかもしれない。

『朝井《あさい》さんはいつも話を聞いてくれるから、今度は私がごちそうするよ！』

ありがたい。詩央は思わず、地蔵のように手を合わせた。

＊

最川堂《さいかわどう》本社ビルから徒歩十五分、ほどよく離れたイタリアンレストラン。

ワインを片手に渋面《じゅうめん》になっているのは、類子である。

「本当に、派遣会社の担当も担当なのよね。ふせん女に迷惑しているのはこっちなのに、『でも森《もり》さんの方からもこういった意見がございまして～』とか言いやがって。もとは新《あら》多《た》専務の紹介だから優遇してやってたのに。これからは別の派遣会社の担当と懇意にしようと思っているの」

ワイングラスを置いた彼女の口からすべり出したのは、やはり愚痴であった。

「でも、そんなことして新多専務からなにか言われないですかあ？」

心配そうな顔をしているのは営業部のアルバイト・駒沢朱里だ。

「うちで『女帝』に口ごたえしたらもう翌日に机はないって言われてますよう」

朱里は下がり眉《まゆ》のせいでいつも困惑しているように見える。レースで縁取られた襟付《えりつ》きの白いブラウスに、アーガイルニット。カールした髪をリボンのバレッタで留めている。

全体的に学生っぽいファッションだが、よく似合っている。ゆるいしゃべり方といい、なんだかマイメロディのようだ。

「でも、そんなことないですよねぇ。だって机を片づける仕事って総務部がするんでしょう?」

　彼女に水を向けられ、詩央はうなずいた。

「そうだね。まぁ、大物は業者にお願いすることになるから翌日すぐに対応とかはないかも」

「じゃあやっぱり、社員のみなさんが適当なことを言ってるんですねぇ」

　それより気になったのは、先ほどの朱里の発言である。

「女帝って、菅原結果《すがわらけっか》取締役のこと?」

「それ以外誰がいると思ってるんですかぁ、詩央さん」

　運ばれてきたレバーパテを丁寧《ていねい》にクラッカーになすりつけ、彼女はぱくりと口に含んだ。時間をかけて咀嚼《そしゃく》してから、突然覚醒《かくせい》したかのように目をつりあげる。

「田畑《たばた》ッ!!　いつまでチンタラやってるつもりなの。きちんと顧客《こきゃく》にアポ取りしたんでしょうね!?　だから手土産《てみやげ》はこの日までにセッティングしておけって言ったでしょう。あんたのせいで秘書課の小娘にまで文句言われてるのよッ!!」

　まるで口調が変わる。

目を白黒させている詩央のかたわらで、類子は慣れたように追加のレバーパテを頼んでいる。

「始まった、駒沢劇場」

「え、駒沢劇場？」

「朝井さん、駒沢さんと飲むの初めてだっけ？　面白いわよぉ。女優志望なんですって。私も最近知ったんだけどね」

朱里のあまりの変わりように、詩央は口をあけたままになっていた。まるで菅原結果がその場にいるようだ。威圧感が空気を震わせる。

「先方からまた苦情の電話がきてるわよッ!!　発注数はあれほど物流部と連携をとれっていったじゃないッ!!　メイクジャパン・フェス用のパンフレットは!?　広告宣伝課からのバックはまだなのッ!?　あんた主導の企画でしょうがッ!!　もういいわッ、七星!!」

はっとする。駒沢劇場に養子その一、七星悠馬の名が挙がったからだ。

器用に表情と口調を変えて、朱里はすっと背筋を伸ばす。人なつっこそうな笑みを浮かべ、落ち着いた口調に変わる。

そこには営業部のエース社員、七星悠馬がいた。

「はい、結果さん」

「田畑の企画、あんたが引き継いで。もうフェスまで五日よ。田畑に任せていたら形にならない」

「かしこまりました。引き継ぎにあたり、小一時間ほど田畑君とミーティングに入っても構わないでしょうか。午後には新製品の販促ミーティングなので、それまでには戻ります」

「……仕方ないわね。販促班は他に誰かいないの？」

「木村《きむら》さんがいましたが、体調不良が続いていて……つい先日俺が引き継ぎをしたばかりです」

「どいつもこいつも使えないわねッ。あなたたち、やる気がないんだったら部署異動でも転職でもなんでもしなさい！　営業部は最川堂の心臓よ。私たちが止まったらこの会社に未来はない。足手まといの兵隊は必要ないのよッ！」

　朱里は息を吸い、赤ワインをぐっ、と飲み干した。

「とまあ、こんな感じで、営業部は実際どんどん離職してるんですぅ。菅原結果は、今や独裁国家の女帝みたいなもんですよぉ」

　おー、とテーブルでぱちぱちと拍手があがった。詩央が知らないだけで、みんな駒沢劇場を楽しみにしているようである。

「その木村さんの体調不良も精神的な理由って言われてますねぇ」

「私からはノーコメントよ」

みなが類子を見やるので、彼女は首を横に振った。病院の診断書とか、なにかしらの届け出が人事部にあったのかもしれない。そういった話がなかったら、類子ははっきりと「ない」と言う。愚痴を言うときの類子は機密情報をぽろりとこぼすこともあるけれど、たいていは詩央も知っていることだ。社員の出入りにかんしては寮や備品貸与の仕事をしている以上、総務部ならある程度は耳に入るのである。

しかし、今日のメンバーは守秘義務は守秘義務のままにしておかなくてはならない顔ぶれだ。類子は飲み会の場で言っていい情報とそうでない情報をしっかり線引きしたのだろう。

「もう、そのせいでうちも忙しいのよねぇ」

物流部の鼎《かなえ》みつばは不満そうだ。入社三年目で、白く膨《ふく》れた頰《ほお》は顔に初々《ういうい》しさを残している。よく詩央に愚痴を言いにくるメンバーのひとりだ。

「営業部って、在庫を出す連絡がいっつもギリギリ。東京の倉庫にない商品を明日に出せって言われても無理だって。しかも今はすごく忙しいし。私本当は事務なのに、木之内さんの倉庫の仕事まで引継ぎしなきゃいけないし」

「え、木之内さん何かあったんですか?」

詩央の問いに、彼女はむくれて答える。

「定年退職で、再雇用なしなんですって。倉庫の仕事はほとんど木之内さんに丸投げしてたからまいっちゃいますよ。しかも今になって在庫の数が微妙に合わないし。よくこれまで問題になってなかったなって」

「引継ぎ中も、声がかすれまくってるからいまいち何言ってるのかわからないのよね、木之内さんって」

同じ物流部の金川京子《かながわきようこ》が話題を継ぐ。ふたりとも、洗濯《せんたく》しやすそうな素材のブラウスに簡素なパンツスタイルなのは、木之内の引継ぎ作業で日中に段ボール箱を抱えているかららしい。

木之内の後任に補充はない。業務はふたりで分担して行うようだ。

「あれって地声じゃないんですか?」

詩央がたずねると、鼎みつばと金川京子は首を横に振る。

「酒焼けです」

「お酒……!?」

「なんか、おかしいんですよ木之内さん。休憩時間に缶チューハイ開けてるの見ちゃいました。朝礼前によく飲んでるコーラも、コークハイに詰め替えてるらしいですよ。マジでやばいんです。めっちゃ酒臭《さけくさ》いし」

「実際、それが原因で木之内さん再雇用ないんですよね、類子さん？」

「……これも、私からは何も言えないわね」

たしかに、木之内政治の声は独特で、よく耳を凝《こ》らさなければ理解できないことがあった。もとからハスキーボイスなのかと思いきや、酒焼けだったとは。

「でも、ちょっと前は木之内さんもたまに私に愚痴言いに来てくれたんです。そんなにお酒びたりになってる様子は……」

「もう朝井さんに拝むだけじゃきかなくなったんでしょう」

昔はエリート商社マンだったらしいが、最川堂社員は彼の上をゆくエリートぞろいで、木之内はいつのまにか倉庫番になってしまった。あのとき転職しなければ……という悩みは、詩央も聞いたことがある。

朝礼のときにやたら明るいのも、酒が入っているせいだとか。

だが定年も間近になり、悩みも払しょくできたのかと思っていた。

(知りたくないこと知っちゃったな……)

やばいよね、飲酒は本当にやばい、と女子たちは顔を見合わせると、すぐさま話題は木之内から移り変わり、今期話題の不倫もののドラマの話になっていた。

これ以上木之内のことを掘り下げても酒がまずくなるだけだと、彼女たちはきちんと理解しているのだ。若くない社員の落ちぶれた話など、気分が滅入《めい》って五分もしてはいられない。どろどろしたドラマは、作りものだからこそ輝くのである。

詩央も後味の悪さをワインで流し込んだ。社内の人間と飲めば、こうして後ろ向きな話題が出ることもある。本当は推しのライブに行った方が気分があがるというものだが、せっかく時間を使ったのだ。ほしい情報は手に入れなくては。

詩央はなんとか自分をふるいたたせる。

（……ここは七星主任について聞いておきたい）

多少不自然でも構わない。詩央は思い切って口をひらいた。

「えっと……さっきの営業部の話に戻るんですけど、七星さんってそんなにいっぱい仕事を抱えてるんですか？」

高速カーブで話題を戻したが、鼎みつばが拾ってくれた。

「うちにはよくイベント物の発注がきますよ。営業部社員がどんどん脱落しているので、定例の外回り系だけじゃなくて、企画ものも全部七星主任が担当しているみたいなんですよ。女帝のお気に入りですから」

「でも、何人分もの仕事をひとりでやったら今度は七星さんがつぶれるんじゃ？」

「それはないでしょ。私聞いちゃったんだけどさぁ」

金川京子は、含むような口ぶりである。

「七星さんって、顧客《こきゃく》と結果さんからは好かれてるけど、他の営業社員の評判最悪らしいんだよね。余計な仕事作っては人に投げて、成果だけはかっさらうとか。噂《うわさ》レベルだけど、よその物流センターで聞いた。駒沢さん、どうなの実際は」

「そうですねぇ。たしかに七星さんって、結構巻き込み型なんですよねぇ」

「巻き込み型？」

「はい～」

朱里は、キャベツと白菜のペペロンチーノと、モツ入りのトマトソースパスタの皿に視線をうつす。決められなくて、結局みんなでシェアしようとひとつずつ運んでもらったものだ。

強烈な話題続きで、少し冷めかけている。

「私、お仕事困ったさんって大まかに二種類に分かれると思ってるんです」

彼女はパスタの皿を、テーブルのつなぎ目にあわせてきれいに分断した。

「見切り発車で仕事を受けては他人に余計な声をかけまくる巻き込み型、誰にも相談せずひとりでしょいこんで爆弾になってしまう抱え込み型。七星主任は典型的な前者で、キャラクターで許されてきたタイプですねぇ」

あ、私ペペロンチーノから分けますね～。朱里は、巻き込み型と称した皿を手に取った。

「私、お芝居するのに人間観察は不可欠だと思っていて、営業部の中よーく見てるんです。みんなが言うほど七星さんって悪い人じゃないと思いますけど、くせはあるかな」

朱里の言葉に、類子もうなずく。

「まぁ、これだけ退職者を生んでいたら、軋轢《あつれき》も生まれるわね。七星君もはじめは営業部の愛されキャラクターで通ってきたみたいだけど、もう通用しなくなってきてると思うわ」

権力者に愛されるってそういうことですよね、と朱里はわかったように言う。

「営業部も、大奥《おおおく》みたいで面白いですよぉ。責任のないアルバイトからすると。あ、類子さんペペロンチーノどうぞ」

類子はパスタを受け取るなり、すぐさまフォークを入れた。

「あ、これおいしい」

「こっちのモツも美味《おい》しいですよ」

朱里の次に年下のみつばが、自身の役割を思い出したかのようにもう一方のパスタを取り分けた。こういったことは、自然と年功序列になってしまう。詩央も手持ち無沙汰《ぶさた》になり、粉チーズをテーブルの中央に押しやった。

「そっちから食べようかな。ペペロンチーノは白で飲みたいし」

年長者の類子は残った赤ワインの量から、食べる順番を考えている。メニュー表から白の辛口《からくち》ワインを探し当てると、赤が残っているうちからはやばやとグラスを注文していた。

詩央がニンニクのむわっと香るオイルソースをフォークに絡めているうちに、みながそわそわとした様子になる。

「それで、類子さんいつもの」

みつばが前かがみになり、類子の顔をのぞきこむ。

「いつもの？」

「男性社員について話題になったら、類子さんにみんな質問するんですよぉ」

朱里は、丁寧《ていねい》に補足してくれる。

「七星悠馬はね」

やけにためる。類子がもったいぶっている間に、テーブルには白ワインのグラスが置かれた。

「……まだ独身よ」

なぜかみな「わかっている」かと言うようにうなずきあい、パスタやワインを口にしている。

配偶者《はいぐうしゃ》の有無は、類子にとって公開していい個人情報らしい。……線引きの基準はよくわからないが。

物流部の社員ふたりは「でも女帝が怖いしさすがに七星主任はいけないわー」などと勝手なことを言い合っている。

モツをぱくりと口に含んで、朱里はしみじみと言う。

「よかったですねぇ、詩央さん」

「え!?」

「七星さんについて話されていたから、てっきり。でも敵も多い人だから気を付けてくださいねぇ」

やはり話の向け方に無理があったか。彼女は盛大に誤解している。しかし本来の目的を言うこともできない。

「朝井さん、七星狙いなの？　まぁアイドル顔でかわいいよね」

類子にたずねられ、詩央は「そういうわけでは！」と口ごもる。あわてすぎてオイルソースがブラウスにはねる。

「いやあ、苦労しそうな道を選ぶねぇ。すでに女帝という恐ろしい姑《しゅうとめ》がついているというのに。でも朝井さんなら応援するよ。なにかあったら教えてあげる」

類子はワインを片手に、なぜか上機嫌だ。

愚痴《ぐち》を言っているときの死んだような表情とはうってかわって、みなが目を輝かせている。

（いや……なにかあったら情報が流れてくるのはとてもありがたいんだけど……誤解されたままなのはまずいのでは!?）

墓穴をほったかもしれない。ブラウスに付着したソースのしみにちらりと目をやり、さんざんな夜に心の内でため息をついた。

＊

チームスのチャットアイコンが、新着メッセージを告げている。

駒沢朱里からだ。

『――詩央さん、昨日はお疲れさまでした。そしてチャンス到来です！』

アイスクリームの絵文字。

(なにがチャンスなんだ。アイス食べるチャンス?)

しかし、今は十二月である。アイスクリームよりもチョコレートケーキを希望したい。昨晩はしっかりデザートのティラミスまで腹に収めたのだが、翌日になると胃の甘いものタンクは都合よくリセットされるらしく、詩央は誰かの差し入れだったチョコレートチャンククッキーをデスクから取り出した。ランチ前にこんなものを食べて太るとは思ったが、デスクにいるとお菓子が恋しくなるのは、もう宿命としか言いようがないレベルで致し方がない。しょっちゅうお菓子をつまんでいる不破《ふわ》部長を見ていればわかる。

朱里はなぜか入力に苦労しているようで、まだ入力中をしめす三点リーダーのマークが蠢《うごめ》いている。

ぱっとチャット画面が更新されたかと思いきや、可愛《かわい》らしい絵文字だらけの吹き出しが飛び出した。

『最近女帝のイライラがハンパないんで、福利厚生《ふくりこうせい》でお菓子食べられたらいいんじゃないかって話がのぼってますー。ほら、彼女たばこ吸わないので、ずっとオフィスでストレス溜めちゃうじゃないですか。まだ雑談ですけど現実化するなら詩央さんの出番ですよ』

『ごめん、この話LINEか直で話してもらってもいい? 念のため履歴《りれき》削除して』

全社員のチャットログはシステム部が見られるはずだ。結果を『女帝』と呼んでいるのがここから漏《も》れたらまずい。たとえ本人以外が全員知っているようなあだ名だとしても。

『愚痴言いたいとき以外でも、詩央さんにＬＩＮＥしちゃっていいんですか!?』

ケーキの絵文字。のんびりとした返答である。

――むしろ、そういう時にＬＩＮＥしてくださいよ。


Ａ４サイズの裏紙に印刷された簡単なアンケート用紙を抱えて、詩央は営業部のデスク前にぽつんと立ちすくんでいた。

そういえば、メイクジャパン・フェスが五日後とか言っていた――。

駒沢劇場の通り、営業部は蜂の巣をつついたような騒ぎになっていた。けたたましく鳴り響く電話。検品チェックの終えられた在庫の山と、ヘアメイク用の備品や倉庫からうつされた什器《じゅうき》でオフィスはあふれかえっている。

朱里も電話応対でせわしなくしている。受話器を耳に押し付けながら、詩央に目配せした。

視線の先には――いた。営業部第一営業課・関東エリア主任、七星悠馬。

困った様子の詩央に気が付いて、彼はいちはやく席を立つ。コロンの香りがふわりと広がった。たぶん最川堂の老舗《しにせ》香水ブランド、ル・マリアージュの七番だ。女性用の香水も嫌みなくまとっている。

「総務部の朝井さんだよね。珍しい、どうしたの？」

（すごい、この人、私の名前覚えてるんだ）

詩央が悠馬と話したことは一度か二度、あるかないかである。詩央本人の記憶がおぼろげなのだから、営業でしょっちゅう人と話す悠馬は、彼女の存在自体忘れてしまっていると思っていた。それだけ、彼は愚痴と縁がない存在なのかもしれない。

「あの……」

背筋が震える。刺し貫くような視線を感じた。営業部の最奥、ひときわ大きなデスクに腰をかけているのは女帝・菅原結果である。今日は目の覚めるようなブルーのセットアップスーツだ。原色しか着ないのかこの人はと思ったが、どんな色を着ても個性がそれを凌駕《りょうが》してしまっている。

「しゃ、社内の福利厚生でなにかできないかと思っておりまして!!　僭越《せんえつ》ながらアンケートを作成しました。営業部のみなさんにもぜひご協力いただきたいと……」

「お、アンケートね。それじゃ……」

悠馬を遮《さえぎ》るかのように、するどい声が響き渡った。

「それ、誰の許可をとってやってるの？」

差し出した一枚を手に取ったのは、なんと菅原結果であった。

（いつのまに移動を）

ルビーレッドの口紅をゆがめて、結果はアンケート用紙を詩央に突き付ける。

「これ、不破部長から何も話を聞いてないけど？」

「あ、はい、私独自でまずは……」

「朝霞さんだっけ？　困るのよね。今メイクジャパン・フェスの準備で忙しいの。このありさまを見ればあなたでもわかるわよね？　しかも今時紙って何なの？　ウェブアンケートにしてくれれば出張中でも回答できる社員が増えるのに。まったく総務部はのんきよね」

「あの、私……」

どうしよう。なんて言えば。とにかく今は撤収《てっしゅう》か？

あわてふためく詩央とは裏腹に、悠馬は笑顔をかたちづくる。

「結果さん。彼女は総務部の朝井さんです。アンケートの件は、すみません。俺から彼女に頼んだんです。みんなフェスの準備でいっぱいいっぱいになっていて、何か社内でリラックスできるようなイベントができればと思って。不破部長には俺から話す予定でした」

「そうなの？」

「はい。彼女、やる気満々ですよね。事前アンケートを取ったほうが俺から上司に話しやすいだろうって。今回は紙媒体《ばいたい》になってしまいましたが、本アンケートはウェブになりますので。みんな忙しいですから、紙のアンケートは社員食堂や休憩室に置いてもらう形にしましょうか?」

「──そうして。今はスタッフ全員をフェスの準備に集中させたいから」

「かしこまりました」

鼻を鳴らして結果が自席へ戻ってゆく。

おそろしかった。頭からがぶりと食われるかと思った。

「七星主任、すみません。なんだかかばってもらっちゃったみたいで」

「大丈夫だよ。俺に任せて。で、これ何のアンケートなの」

「社員食堂のメニュー充実についてのアンケートです。具体的には定時後でもスイーツを頼めるサービスを追加しようかと……」

駒沢朱里の受け売りだが、七星悠馬に近づくチャンスでもあった。突貫的に作ったアンケートを持参したのだ。結果の言うように、ウェブで済むアンケートである。まさかこの場でかみつかれるとは思わなかったが。

「いい案だね。こういうのやってほしかったから助かるよ。何かあったら、俺から結果さんにはネゴっておくから。ウェブの件はなりゆきでそうなっちゃったけど、手配頼むね。できたら公開前に俺に一報ちょうだい。共同チェック者に俺のこと入れてくれればいいから！」

「あ、はい……」

「じゃ、続きはチームスのチャットでも飛ばしといて。ここにいると結果さんにまた絡まれちゃうから、もう行った方がいいよ。あとよろしくね！」

——あれ。

詩央は思った。

先ほどのやりとりを見て、菅原結果はどう思っただろう。

アンケートは七星悠馬の発案になり、彼の手柄になっている。

共同チェック者に彼の名前を入れれば、社内ウェブでアンケートを記入するとき、いやでも悠馬の名が目に入る。総務部の平社員より、花形の営業部の悠馬の名の方が目立つ。

（こういうことか……！）

ようやくの思いで休憩時間に突入し、スマホを開くと、朱里からメッセージが来ていた。

『巻き込まれちゃいましたね』

リボンのついたうさぎのスタンプが、困った様子で目をつむっている。

『でも、巻き込まれないと始まらないですよ！　彼の場合』

うさぎはさらにガッツポーズを決めている。

（……うん、もっと厄介《やっかい》なことには巻き込まれているんだけどね？）

花柄のケースを嵌《は》めたタブレットの画面は暗いまま。最川藤十郎はちっとも返信をよこさない。

きっと、今後なにを投げかけても彼は無視をするだろう。……詩央が跡継ぎを決めるまでは。

洋平《ようへい》手作りのお弁当を手早くたいらげると、休憩室にアンケート用紙を設置する。

『七星主任に対して、なにかアクションしようとは思ってないからね！　言っておきますけど』

一応ここだけは、訂正《ていせい》しておかねばなるまい。

すぐに既読マークがついた。そして何かを言いたげにこちらを見つめるうさぎスタンプ。

詩央は無視を決め込んだ。

第三章　仏の顔は何度でも？

コールセンターの電話機、十一台のうち七台が故障。

この知らせがもたらされた時、詩央《しおう》は耳を疑った。

「そんなにいっきに壊れます？」

「どうやら停電が原因みたいなのよね」

米村《よねむら》さんはふくらんだソバージュの髪をうっとうしそうにかきむしり、電話機の説明書をひたすらめくっている。「故障かな？　と思ったら」欄《らん》をにらみつけているが、停電以外にこれといった原因は思い至らないらしい。

一昨日、季節外れの嵐のような大雨が降り注いだ。このとき、コールセンターの建つ埼玉県入間《いるま》市はたしかに停電している。

通話が不自然にとぎれる、液晶がぶれぶれで読み取れないなどのトラブルが相次ぎ、コールセンタースタッフから総務部宛《あて》に助けを求めるメールがきたのだ。

「この電話はメインの問い合わせ用じゃなくて、最川堂《さいかわどう》クラブの登録者専用につながる電話機だそうよ。昔は入電も少なかったけど、今はかなりの電話がかかってくるらしいから、混乱しているみたい」

最川堂クラブは、お得意様向けのエステ部門である。年間購入額が一定の金額になると、会員制エステを利用できるのだ。他にも粗品のプレゼントや旅行券の引き換えなど、会員特典は多岐《たき》にわたっている。

エステサロンの予約受付や粗品の送付などの簡易な手続きはコールセンターが担当するが、施術《せじゅつ》に対する詳細な質疑応答は施術経験のある専用スタッフへつながなくてはならない。彼らが本社に待機しているので、電話を転送できないとそもそも問い合わせに答えられないそうだ。

「もう十年以上も同じ電話機使ってるからねぇ」

不破《ふわ》部長はのんびりとそう言って、デスクからおせんべいを取り出している。

「経年劣化ってことで稟議《りんぎ》書いていいんじゃない」

「うちが書くんですか？　この稟議」

コールセンターの案件なのだから、担当は所轄《しょかつ》のカスタマーサポート部のはずだが――。

「初めてこの電話機買ったときは、たぶん総務部が稟申《りんしん》してるよ」

ばりばりとせんべいをかみ砕き、不破部長はお茶を口に含んだ。とびちったおせんべいのかすを丁寧《ていねい》に手で集めて、ゴミ箱に流している。

「まあでも、この時は兵藤《ひょうどう》くんがいなかったからねぇ。備品でもなんでもうちが発注してたし。今は引き継いじゃってもいいかなあ」

兵藤光淳《こうじゅん》。社長の養子のひとりで、埼玉コールセンター所長――。

詩央の目はぎらりと光った。

またとないこの機会、逃してはなるまい。

「引継ぎや新しい電話機の接続テストもありますし、私この件受け持ってもいいですか?」

「おっ、地蔵《じぞう》ちゃんどうしたの。やる気じゃない」

「いや、えっと……ほら! 私の家から入間市って同じ沿線で、そう遠くないですし。コールセンター行くとき、できたら直帰できないかなーって……はは……」

すらすらとしゃべりながら詩央は後悔《こうかい》した。なぜやる気があることを言い訳がましく説明しなければならないのだろうか。かえって不自然である。密命という後ろめたさがあるせいで、なにをやっていてもびくびくしてしまう。

同じ沿線だからといって、詩央の自宅からコールセンターまで、近いというほどでもない。詩央の言い訳に納得したのかしてないのか、不破部長は眠たそうにあくびをしてから言った。

「いいねえ、直帰。いい響きだよ。ぜひ直帰してきなさいよ。夕方のうちにビールでも飲んでさっ、最高だよね直帰は」

米村さんは老眼鏡を取り、目をぱちぱちさせている。

「でも、急ぎの件よ。地蔵ちゃん、社内アンケートの件も営業さんから頼まれてるのよね？」

いつのまにか七星悠馬《ななほしゆうま》の案となった社内アンケートの共同制作者として、詩央は鋭意作成中であった。

簡単に済むかと思いきや、事前アンケートの自由意見欄があまりにも多彩で、もう少しテーマを絞《しぼ》るべきだったと反省した。「そのほかのご意見・ご要望」には保養所予約のシステム化やコーヒーメーカーの持ち回り清掃《せいそう》の義務化、マスクやティッシュの配給にいたるまでこまごまとした要望が上がっている。

（簡単にしようと思えばいくらでも簡単にできるのに、七星主任の名前があがってるせいで適当なアンケートが作れなくなっちゃったんだよな～……）

お粗末なアンケートを公開すれば、菅原結果《すがわらけっか》が何を言い出すかわからない。

七星悠馬が出すにふさわしいものを。別にそこまでおぜん立てする必要もないのにやってしまうのは、最川堂の黒子《くろこ》こと総務部社員のサガゆえか。

七星悠馬は巻き込み型社員……駒沢朱里《こまざわしゅり》の言葉を心の内で反芻《はんすう》する。

（でも、自然と人を巻き込む資質。実は社長のスキルとして考えるとけして悪くはないのでは……。大企業の社長が自分の仕事を抱え込んでしまったら、組織はまわらない）

調子のよすぎるところは否《いな》めないが、人なつっこさもけしてマイナスにはならない。けれど、類子《るいこ》たちの言っていることも気になる。もうキャラクターとしてその調子のよさが許されなくなってきている、ということ。脱落した営業社員の多さ。彼が営業部のエースでいられるのは、他の社員の屍《しかばね》の上に立っているおかげなのだとしたら……。

（彼の営業社員としての本当の実力もよくわからないな。この間みたいに人の手柄を自分のものにしていたら、彼の営業成績だって、彼ひとりの働きの結果じゃないだろうし）

幸か不幸か社内アンケートを通じて悠馬とは接点を持ったのだ。とりあえずこの仕事は握りしめておいて、次の候補を見てみることにした。

最川堂カスタマーサポート部、埼玉コールセンター。

埼玉県入間市の国道沿いに建つ社屋は、もともとは大手運送会社の倉庫だった場所で、空《あ》き物件となったところを最川堂が借りうけた。スタッフの構成は社員が三名のほかはほとんどがパート・アルバイトで、彼らをとりまとめるのが入社十年目のコールセンター所長・兵藤光淳である。

一八〇センチを越える長身にがっしりとした体軀《たいく》、それと相反するような穏やかで優しげな顔立ち。コールセンターは比較的自由な服装のスタッフが多いが、彼はいつも短く切った黒髪にスーツ姿で、凛《りん》とした印象である。

さまざまな愚痴《ぐち》を聞いてきた詩央だが、こと兵藤に関しては悪い噂《うわさ》ひとつ聞いたことがない。

実際、電話口の兵藤は低姿勢だった。コールセンターまでは公共交通機関で行きますと伝えてあったのに、駅まで迎えに行くと言ってきかなかったのだ。

「コールセンターの付近は、街灯が少ないんですよ。何かあったら大変ですから」

到着予定時刻は十五時。まだ暗くなるには早いが。

入間市駅のロータリーの近くで、彼は手をふってみせた。背が高いので目立つ。バスでアウトレットへ向かうらしい親子連れを横目に、詩央はトランクを引きずり、小走りで合流した。

「お疲れ様です。すごい荷物でしたね。やっぱり迎えにきて正解でした」

「すみません。テスト用の電話機です。いっそのこと新しい型にしてしまえばと、不破部長が……」

「それは助かります」

荷物をひょいと持ち上げ、彼はトランクに詰めた。

ごく一般的な軽自動車だ。養子とはいえ、社長のご子息なのに。

(──まぁ、社長みたいな高級外車なんて乗ってたら目立つよね……)

窮屈《きゅうくつ》そうに体を折り曲げ、兵藤は運転席につく。詩央もあわてて助手席に座り込んだ。シートベルトをしめると、なめらかに車は発進する。

「電話機が壊れて、コールセンターは大変でしたか？」

「落ち着いていたタイミングでしたので、予想よりは不自由していません。もとより専用ダイヤルですから、受電の時期が集中するんです。それより専用電話機の不具合に手をとられて、メインの電話に人手を割《さ》けないことが問題ですね。これがスティックシリーズのような大型商品の発売後でしたら大変でした」

「新商品の発売後って、問い合わせの電話は増えるものですか？　メイク用品の使い方がわからなかったり……」

「商品の使い方は、だいたいみなさんご存じです。メインラインのシリーズは販売員がしっかり案内していますし、ドラッグストアに置いてあるような安価なものを手に取る世代は、すでにインスタグラムや公式サイトで内容をチェックしてから買います。今の人は失敗することを異常に恐れている。リップクリームひとつですら、抜かりなく買います」

ふたりを乗せた自動車は、こちらが焦るほどゆったりと進む。後ろから追いかけてくる車もないのでよいが、東京を走るタクシーと比べれば、考えられない速度だ。

失敗することを異常におそれている――。たしかにそうかもしれない。かくいう詩央自身も、社員販売の商品ですら周囲のスタッフの声を参考にすることも珍しくない。

「では、発売後に寄せられる声というのは？」

「たいがいクレームです」

彼はハンドルを切る。最川堂のメインシリーズの看板が見える。人気男性アイドルたちが、星座柄の化粧水《けしょうすい》を手に取り、うっとりとした表情を浮かべていた。ミスト状の化粧水が星屑《ほしくず》のシャワーのように広がっている。

この広告は星座グループごとに何バージョンかあり、道路沿いに掲載されているものは商品が一番目立つカットのものだ。水の星座である。

最川堂の化粧水にミストバージョンを加えたのは、商品開発部の唐《とう》係長――社長の養子のひとりである。

新型コロナウィルスの流行後、マスクによる肌荒れに悩む人が、年齢や性別に問わず急増した。ミスト化粧水ならば手軽に持ち歩けて、使用時に爽快《そうかい》感もある。マスクの息苦しさから、一時的にでも解放される。

主成分はそのままに、肌の悩みを星座にたとえグループ分けした星座シリーズは、話題を呼びヒット商品となった。

マスク生活によって、最川堂のファンデーションやチーク、口紅の売上げはがくりと落ちた。しかし基礎化粧品が主力のメインラインの売上げは落ちなかった。唐係長はこの事実に注目し、化粧水を令和風にリメイクしたのだ。

パッケージは、重厚感のある従来の化粧水から、ラメ入りの華やかなものに。アンバサダーは若手男性アイドルグループを起用。彼らのファン層からも熱い支持を受けている。

「メインシリーズを星座ごとにグループ分けして質感を分類したときも、相当なクレームが寄せられました。配合を変えられたおかげでアレルギー症状が出た、パッケージが分かりづらくなった、そもそもアンバサダーが男性なのが気に入らない」

「そんなこと言ってくる人がいるんですか？」

わざわざ、カスタマーセンターに電話をして？

「いるんです。信じられないでしょう。今どき男性でも化粧水くらい使います。あのアイドルたちは特にスキャンダルもなく、問題ない人選かと思いますけどね」

兵藤は苦笑する。

「保守派の製品で新しいことを試せばなにかしらの声はあがります。真剣に悩んでいらっしゃる方もいるけれど、言いがかりもある」

駐車場に入り、車は停止した。シートベルトをしゅるりと外すと、兵藤はすぐさま背後にまわり、トランクを取り出す。詩央の申し出を固辞して、彼はトランクを手にしたまま歩き出した。

「しかし、この星座シリーズで最川堂が黒字を維持したのは事実です。クレームを寄せるのは一部の人で、彼らの意見は大勢に影響を与えません」

「はい……」

「取りこぼすべき意見だ」

兵藤は冷たく言い放った。ぞわりとする。穏やかな笑みを浮かべているのに、なんと冷たい口調だろう。

「しかし我々は、電話の相手を選べません」

かつかつと階段をのぼり、彼は首から提げたカードキーで、コールセンターの社屋の扉をあける。

「だからこそ我々が、どんな意見も聞き届けるのです。悩める人の声に耳をかたむけ、厄《やっ》介事《かいごと》は水際ですべてを食い止める。それが、コールセンターの現場です」

けたたましい電話のコール音が鳴り響いた。

ずらりと並んだ机に、青白く光るモニター画面。映し出されたアイコンは、入電を告げて点滅している。

「コールバック、現在平均待機時間二十分です」

兵藤の顔を見るなり、若い女性スタッフが渋面《じゅうめん》で言う。

「兵藤センター長、先日の大村《おおむら》様からお電話です。お詫《わ》びの品では納得できない、全額返金に対応してほしいと」

「兵藤センター長、折り返しでの対応になりますが、消費者センターから入電がありました。販売員に無理矢理商品を売りつけられたと」

「こちらにも一件、怒鳴り声をあげていらしたお客さまがいらっしゃいました。最川堂クラブのお客様です。電話機の不調で対応不可になりました。折り返ししなければならないのですが……」

最川堂クラブの専用電話機は、まばらに配置してあった。たしかに液晶は黒ずみ、文字はたよりなく消えてしまっている。

「順番に。僕が請け負います」

トランクを詩央のそばに置くと、兵藤は頭を下げた。

「すみません、電話機の件はよろしくお願いします」

「あ、はい……」

兵藤はデスクに座り、ヘッドセットをつけて、息を深く吸う。集中しているようだ。

いっとき、彼は考えをすべて放棄したかのように、瞳を細めた。

それからヘッドセットを指先でなで、微笑を浮かべる。

「まず大村様の電話を僕へつないで」

女性スタッフは「少々お待ちください」と転送ボタンを押す。

兵藤は、コール音が反応すると同時に話しはじめた。

「大変長らくお待たせいたしました。カスタマーサポート部の兵藤でございます」

低く、つややかな美声であった。そばにいた女性スタッフは、新規の受電に気を取られながらも、あきらかに兵藤の方へ耳を向けている。

「この度《たび》は度重なるご迷惑をおかけしました。スタッフの今井《いまい》から聞いております。……まずは購入商品のご確認から、ご一緒にお願いできますでしょうか。大村様のご意見を弊《へい》社《しゃ》の開発部にも共有したく、詳しくお伺《うかが》いできればと思います。お時間を頂戴《ちょうだい》し誠に申し訳ございません」

詩央はその様子を、あっけにとられてながめていた。

初めは声の良さにドキっとしたが、聞けば聞くほど落ち着いた気持ちになる。兵藤がゆっくりとなだめるような口調に切り替わったせいだ。

（……なんだか、しゃべり方に抑揚《よくよう》がある）

ひらめいた。読経《どきょう》だ。彼のしゃべり方は読経によく似ている。ゆるりとなめらかに、自分のペースに巻き込んでいる。

「さすがお寺の子よねえ。あの声としゃべり方で、みなさん結構やられちゃうのよねぇ」

コールセンターの数少ない正社員、今井淳子《じゅんこ》がいつの間にか傍《かたわ》らに立っていた。今年で五十五歳の主婦である。

「ねぇ、背も高くてカッコイイし。いいと思わない、地蔵ちゃん」

「あ、はあ……」

社員研修で一緒になったときから、淳子はなにかがあるとやたらと詩央に連絡をしてくる。今回の電話機の故障ヘルプも、彼女からのメールがきっかけだった。

「なんでもね、独身で彼女いないらしいわよぉ」

コール音にかき消されないように耳元でささやかれる。

(いや、余計な情報はいりません……ていうか、類子さんたちといい、なぜみな配偶者《はいぐうしゃ》の有無にこだわる?)

しかし、詩央ははっと気がついた。

養子たちが誰かと婚約していたら、もしかしたらその女性が次世代の最川堂夫人になるのか……!?

選定において、配偶者となる人の人柄も、考慮《こうりょ》するべきなのか。

今井さんは構わずにしゃべり続けている。

「実家のお寺からね、早く戻ってきてほしいって言われてるみたいだけど、まだここにいるつもりなんですって。でもいざとなったら、ねぇ。戻れる家があるって心強いじゃない。私檀家《だんか》になりたいわぁ、兵藤くんに読経あげてもらえるなら」

「読経なんて、まだ早いですよ」

「人間、いつなにがあるか分からないじゃない！　でもまぁ、息子の大学受験も控えているし、意地でも健康でいて、定年後もパート枠《わく》で置いてもらわなきゃ困るんだけどね。兵藤君に今からお願いしておかなくちゃ。所長になったら、次は顧客《こきゃく》管理部門の次長かもしれないじゃない？　どんどん出世してもらわないとねぇ」

次長どころか、社長かも……。

詩央は咳払《せきばら》いをした。

電話機をつなげながら、考える。養子になったのなら、寺には戻らないつもりなのか。

彼はどういうつもりで養子になったのだろう。自分の名を売ることに熱心な七星悠馬、飛ぶ鳥を落とす勢いの唐飛龍《ひりゅう》とはタイプが違う。厄介なクレームを次々とさばけるほど仕事はできるし、熱意がないとは言わないが――。

「お疲れ様でした」

帰りの車内で、兵藤はオレンジジュースのペットボトルをくれた。

「あの、お金……」

「いいんです。わざわざ埼玉の奥地まで、疲れたでしょう」

すっかり陽が落ちて、心細いほど暗くなっている。彼の言うとおり、コールセンターの付近に街灯は少ない。車のライトが草むらを照らすと、そこから動物が飛び出してくるんじゃないかとおびえてしまう。

「兵藤センター長こそ。いつもあんなに電話がかかってくるんですか？」

「今日は少ない方です。一時間以上お客さまをお待たせしなければならない日もあります。――新型の電話機、うまくはまりそうでよかった」

詩央の持ち込んだ型がスムーズに動作してくれたので、古い電話機は本社に送り返すことにした。帰りの荷物は軽くて助かった。

「……コールセンターってね、本社からないがしろにされがちなんですよ。だから今日は朝井《あさい》さんが来てくれてよかった。今井さんもうれしそうだったし、他のスタッフも、心強かったと思いますよ。たくさんスタッフの話を聞いてくれましたね」

「ああ、私……」

「愚痴《ぐち》聞き地蔵、って呼ばれているそうですね」

先回りされて、詩央は小さくなった。

「今井さんですか」

「あの人はおしゃべりだから。それがいいところです。コールセンターのスタッフが口下《くちべ》手《た》では困る」

「あはは、たしかにそうですね」

わずかな沈黙の後、兵藤は声のトーンを下げた。

「え……」

「電話機の交換、郵送だけでもすみましたよね？」

「今使っている電話機と同じタイプで、おそらく互換性もある。本体を郵送して、接続チェックはコールセンターのスタッフだけでも可能でした」

「あの、ですが」

兵藤の言うとおりである。藤十郎《とうじゅうろう》からの密命がなければ、詩央はおそらくそうしただろう。

けれど、兵藤光淳を直で見ておかねばならなかった。

多少強引にでも、現場で働く彼を観察する必要があったのだ。

「本社でなにかあったんじゃないかって、思いましてね。少なくとも不破部長のやり方じゃない」

彼はまなじりをさげた。探られていると思った。視線はかちあわないのに。兵藤の言葉のはしばしが、詩央をうたぐり、探っている。

「これは、そうです。私が勝手に——」

「無駄な出張を注意しているのではありません。先ほども言ったように、コールセンターは本社から見捨てられがちです。大変残念なことですが、取るに足らない意見を集約する場だと思われている。だから本社スタッフが来てくれるだけで、現場には活気が出るんです。朝井さんみたいな人なら、コールセンターは大歓迎ですよ」

赤信号だ。兵藤は車を停止させ、ゆっくりと続ける。

「本社のスタッフは……人の話を聞かない人が多すぎる。僕の知っている社員の誰にも……本社の人間には電話を任せられない。でも、今日見ていて思いました。朝井さんは違う。総務部がいやになったら、うちに来ませんか」

「……え?」

「なんてね。不破部長に内緒にしてください、スカウトしたことは」

青信号になった。彼はアクセルをゆっくりと踏み、くすくすと笑っている。表面上はとても友好的だ。

その笑い声すら、彼の抑揚の中にあるようだ。厄介《やっかい》な相手を籠絡《ろうらく》し、己の手の内に引きずり込む――電話口の前で、手をこまねいているように。

（なんでだ。警戒された。突然コールセンターに押しかけたからか。それとも、私の態度から何か裏を読んだ？）

兵藤は甘い言葉でささやいて、詩央の出方をうかがっている。

いや、本心でものを言っている？

わからない……でもたぶんこの人は、食えない男だ。

一見して穏やかで人柄に問題のない、ごく一般的な会社員だ。でもその本質はまるで予想できない。

この底知れなさが、最川藤十郎の目に留まったのだろうか。なにもかも見透かすような口ぶりが怖い。詩央の目的を――密命がくだされたことを、彼は知っているのではないだろうか。

やたらとゆっくりと進む、この軽自動車。彼の作り出した、どろりとした沼の中を走っているように錯覚《さっかく》する。

駅のロータリーが見える。ほっとして息をつく。兵藤は苦笑した。

「脅《おど》かしすぎましたか」

「私……脅かされたんですか?」

「あなたがそう思うなら、そうですよ。受け取られる側の意見を、我々はいつも大事にしています」

やはり脅かしていたのだろう。普通、そのつもりがなかったら「脅かした」なんて言葉が出てくることはない。それか、詩央が彼の言葉をありのままに受け取る人物か、試していたのかもしれない。

「意見は、いつだって忖度《そんたく》されてしまうから?」

——取りこぼすべき意見だ。

そう微笑《ほほえ》んだ、彼の横顔を思い出した。

「忖度ですか。いっときその言葉が流行《はや》りましたね。そう、誰にも忖度する自由はあります。私は顧客の自由を受け止める。しかし、私自身にも忖度する自由がある——。私の仕事は、そういうことです。改札口まで送りますか?」

「大丈夫です。あの、お疲れ様でした」

一刻も早くこの場を離れたかった。彼と二人きりでいることが、急におそろしくなった。

詩央が喜んで彼の手をとろうが、拒絶して頬《ほお》をはたこうが、彼は同じ反応をするに違いなかった。ただくちびるのはしをあげ、そこに立つだけだ。

激しい雨が叩きつけようが、炎に巻かれようが、変わらずに人々を見下ろす巨大な仏像のように。

仏の兵藤。その言葉の本当の意味を、詩央はまだ知らなかったのだ。

「お疲れ様です、朝井さん。今日は本当に助かりました」

彼は忖度した。そして最川堂を呑《の》み込む道を、選んだのかもしれない。

生まれた寺を捨て、養子になることによって。

「お疲れ様でした」

「電話機の調子は報告します。また後日」

改札口を抜けて、詩央はスマホを取り出した。ＬＩＮＥのメッセージ欄《らん》に「洋平《ようへい》」を見つけ出し、タップする。

すべりこむようにしてホームに入った電車に乗る。こんな時間からのぼり電車に乗る人は少ない。行きに見かけた親子連れが、ショッパーをたくさん足元に置いて眠りこけている。

——なんだか、どっと、気疲れした。

詩央はシートのすみに腰をかけ、メッセージを打ち込む。

「ごめん。今日帰ったら即寝する。ごはん作ってたら悪いけど、タッパー入れといて」

既読にはなったが返事はなかった。もともとスマホでこまごまとやりとりができない人だ。まあ、見ていればいい。

判断しなければならない。

知れば知るほど、迷う。誰が次の最川堂の頂点にふさわしいのか。

(これ、まだあと一人見るのかよ。しかも一番厄介そうな唐飛龍……)

いや、残金五十万、すでに受け取った五十万、あわせて百万円。

心を落ち着かせる呪文を唱え、詩央は額に指先をつけた。

偏頭痛《へんずつう》がしている。シートの背もたれによりかかり、ワイヤレスイヤホンを耳につっこむ。ドルコレの、慣れ親しんだ曲を流す。これ以上、難しいことは考えたくない。

甲高《かんだか》いリードボーカルの声が、詩央の側頭部をつらぬいた。

＊

大泉学園《おおいずみがくえん》駅の改札を抜けると、駅のコンビニの前で洋平が立っていた。上下灰色のスウェットに、履《は》きつぶしたスニーカー、偽物ブランドのクラッチバッグ。憮然《ぶぜん》とした顔である。

ゆるんでいたトートバッグのひもを肩にかけなおし、詩央は驚きながらもたずねる。

「なんでいるの」

「家で飯作ろうと思ったけど冷蔵庫が空《から》っぽだから、財布待ってたんだよ」

「財布って……」

「行くぞ」

洋平は顎《あご》をしゃくってすたすたと歩きだす。駅ビルの一階のスーパーに立ち寄ると、ぞんざいに籠《かご》をたずさえて、野菜売り場を吟味《ぎんみ》する。

ずっしりと太い大根に、にら、じゃがいも、白菜。卵や鶏もも肉、豚肉、とろけるチーズ。

密命のおかげで、もう予想外の買い物におどおどすることはない。

複雑な気持ちのまま会計をすませると、彼は堂々と違法駐車していたバイクのメットインからヘルメットを取り出して、ひとつを詩央に投げてよこした。空《あ》いたスペースに買い物袋をつっこんでいる。

「あのさ、本当に財布待ってただけ？」

「それ以外何があるんだよ」

レシートをポケットにつっこんで、詩央はおとなしく洋平の背後にまたがった。

風呂上がりの詩央を待っていたのは、たっぷりの卵でとじられたニラ玉、つやつやと輝く大根と鶏肉の煮物、丸く形成されたチーズとニラ入りのジャガイモ餅《もち》であった。どれも詩央の好物である。

材料を会計したときから何となくメニューのあたりはついていた。予想が外れていなければ、締めに白菜入りの肉汁うどんが出るはずだ。

洋平は冷やしてあったビールの缶を置く。

「うどん食いたかったら作るから、言えよ」

「どうしたの、急に。いつも自分の作りたい料理しか作らないのに」

「だってよぉ……」

ジャガイモ餅のぎゅっと中身の詰まった感触をもちもちと味わっていると、洋平は言いづらそうに頭をかいた。

「なんか最近、暗いんだよなお前」

誰のせいだよ、と思った。お前がちゃらんぽらんで働きもせず、私の貯金を食い潰すからじゃないか――。

しかし、正直にこのことを言えばどうなるだろう。洋平がブチ切れて、最川社長のところへ乗り込んでゆき、『百万円なんていらねえ、俺が全部どうにかする！』と実現不可能なことをのたまうに決まっていた。そして詩央は会社をクビになり、兄妹揃って貧乏に身をやつすのだ。

「愚痴《ぐち》聞き過ぎて頭がおかしくなったんだろ。行くのが怖いなら一緒に行ってやるぞ、カウンセリングとか何とか」

思い切ったように洋平が言うので、ビールを噴き出しそうになった。

「最近は、結構みんな行くんだってな。メンタルクリニック。うちの近くだと、タバコ屋の角のところがそうだってよ」

どこで情報収集してきたのかは知らないが、彼なりに妹を案じて聞き込みしたらしい。

「いや……それは大丈夫」

「それとも何だ、パワハラか。弁護士事務所の方だったたか。お前にかぎってセクハラはねえからなぁ」

げらげらと笑う洋平を無視して、詩央は食事に集中した。だしをたっぷり吸って柔らかく煮てある大根や、とろとろの半熟卵に包まれたニラを胃袋におさめて、苦みのあるビールで口の中をしめる。

我ながら、おそろしいほど悩み知らずのいい食べっぷりであった。

これらを出せば詩央が夢中で食らいつくのが、洋平もわかっているのだろう。

寒さと、不気味な緊張で、今日の詩央は参っていた。鎮痛剤がきいていたのかもしれないが、そういえば洋平の料理を前にしてから、するどい頭痛がぴたりとやんでいる。

胃袋が温まったところで、詩央はなんとなくしゃべりだした。

「なんかねぇ、うちの会社、次の社長候補が三人いるんだって」

洋平は部外者だし、養子の件も密命の件も伏せるならば、少しだけ意見を聞いてみてもいい気がした。洋平はたいして興味もなさそうに「へえ」と自らもビールの缶をあけている。

「それってもめないのか?」

「もめてるよ。次は誰が社長になるのかで」

「今の社長がすっぱり決めりゃすむ話だろ」

「社長も決め手にかけるって感じなんじゃないかな……たぶん。社長の前では、どんな社員だっていい顔するだろうし」

藤十郎は、詩央の前ならみなが油断して甲冑《かっちゅう》の紐をゆるめると言っていた。それほど詩央が地味でうだつのあがらない社員だからと。

ゆるめた結果が、悠馬の手柄の横取りだったり、兵藤の裏の顔だったりするのだろうか。

「なんだお前、社内のお家争いに巻き込まれてるのか？」

「そんなとこ」

「愚痴聞いてるうちにどの派閥《はばつ》に入りますかって言われたんだろう」

洋平が都合良く解釈してくれたので、否定しないでおいた。

「一番社長になりそうなやつにくっついとけば問題ないだろ」

「それがわからないから苦労してるんだって。なんていうか、人柄が良い人が良い社長になるとは限らないし、調子のいい人とか、冷たいくらい割り切れる人のほうが、組織を動かすのに向いていているかもしれないし。でもそういう面を知っていて、太鼓判《たいこばん》を押せるかっていうと」

「なんでお前が太鼓判を押すんだよ」

「えーっと……ただの、もののたとえだよ」

コールセンターで、ヘッドセットをつける兵藤の顔を思い出す。

彼は勘がするどい。詩央の密命を知っているかどうかは別にして、彼女の様子を探り、カマをかけることも忘れなかった。そしてどんなクレームに当たっても、表情一つ変えずに自分のテリトリーに引きずり込む。きっと交渉事にも強いだろう。田舎《いなか》のコールセンターで会社員人生を終えるのはもったいない――そう思って、最川藤十郎は養子のひとりに加えたに違いなかった。

裏表のはっきりしないタイプは、けして他人に弱みをみせないし、愚痴も言わない。兵藤は人間離れしていて詩央の苦手なタイプの社員だが、かといって社長に向いていないとは思わない。

「人って、そのときの調子もあるからなぁ」

洋平は立ち上がり、冷凍のうどんを取り出した。白菜を刻む包丁の、ざくっ、ざくっ、という小気味よい音が聞こえてくる。

「調子……」

「いや、調子のいいときは本当に聖人みたいに良い奴なんだけど、悪いときは誰とも会えない引きこもりになっちゃう、俺みたいなやつのことだよ」

「ただ単に金がなくて外出できないだけだろ」

「そうとも言う」

洋平は、今の自分が調子が出ない状態という自覚はあるのか。

（まぁそりゃそうだよな。妹のヒモ状態になっちゃってるし）

そんな彼でも慕《した》ってくれる友人や後輩はいて、時折バイクで出かけている。彼は彼なりの人間関係があって、そこには妹のヒモではない、朝井洋平というひとりの人間としての顔があるのだろう。

「とある時期の、とある一部分の、とある瞬間だけを切り取って、だめな奴とか良い奴とか言えるもんじゃないだろ。結局さぁ、相手が最悪なときでも『まぁこの程度なら、一緒にやってもいいかな』って思えるかどうかじゃねぇの」

削《けず》り節《ぶし》や昆布を煮だしながら、洋平は続ける。

「完璧《かんぺき》な人間なんぞいない。候補者が罪でも犯して勝手に脱落しないかぎり、決め手なんてねえだろ正直。どんなときでもこいつとならいいや、っていう奴とつるんでればいいんじゃねぇの」

「そうだね……」

そう。完璧な人間はこの世にいない。詩央はもちろんのこと、最川藤十郎本人ですら、完璧ではないはずだ。

では、なにを決め手にすればいい？

「まあ、難しいこと考えるなよ。はげるぞ。うまいもん食って寝ちまえば、明日には大抵のことがどうにかなってるもんだ」

洋平は能天気だが、今日は彼の気づかいがありがたかった。できれば自分の財布でやってくれればもっとありがたいが。

だしの良い香りが流れてくる。詩央は鼻をふくらませて、白菜うどんの到着を待った。

第四章　最川堂の救世主、そして失礼を地でゆく男。

唐飛龍《とうひりゅう》が、ラボから出てきた。

新しい商材を持って――。彼の行動に社員のみなが注目している。花形《はながた》部署の商品開発部、二十八歳にして看板商品をふたつも世に送り出した、中国の鬼才である。

「なんでも唐係長が開発したのは、スティックコラーゲンに続く超大型商品らしいんです」

べそをかいているのは、広告宣伝課の中神一也《なかがみかずや》である。

八番小会議室、朝礼前のこの時間は、やはり恒例の愚痴《ぐち》聞きタイムと化していた。

「そうなの。それは期待が持てますね」

詩央《しおう》の言葉とは裏腹に、一也は鼻をチンとかんでいる。会議室のゴミ箱はティッシュであふれかえっていた。

「けど、秘密にされてるんです」

「秘密に？　なにを？」

「新しい商材の、詳細な情報についてです。製品情報は前もっていただいておかないと、広告宣伝部の作業が間に合いません。特設サイトだって作らなきゃいけないし。インスタグラムとか、ティックトックとか、Xとか、ＳＮＳだって更新しないといけません。店舗《てんぽ》に置くポスターやポップ、製品の使い方ガイドを作るなら、もう校正していないと。電車広告やイベント広告を打つなら、発売日にあわせて大々的にやる必要があります。なのに教えてくれないんですぅ」

最後の方はほとんど叫び声だった。一也を落ち着かせるために、詩央はペットボトルのお茶を差し出した。本当は来客用だが致し方あるまい。

「あの……それを伝えたらいいんじゃないですか？　その、唐係長に」

「言いました。けれど『必要ない』の一点張りです。ぎりぎりまで内緒にしたいそうなんです。以前、星座シリーズのリニューアルが外部に漏《も》れたことを気にしてらして。多分うちの部署、信頼されてないんです」

「ああ……」

広告宣伝部の部長、高島旭《たかしまあきら》が、どこかのキャバクラでぽろっと言ってしまったらしい。うちの化粧品《けしょうひん》、リニューアルするんだよなぁ。星座シリーズっていうの。新しいアンバサダーはアイドルの男の子たちでさぁ。君、このグループ好きだったよね？　サイン一枚よけいにもらったから、よかったらあげるよ。

一也の口まねの様子からするに、彼も同じ席についていたのだろう。

男性アイドルのサインと、星座シリーズのサンプル品が映り込んだ写真が、キャバ嬢のSNSの裏垢《うらアカ》から漏れた。これに対して商品開発部は怒り心頭に発し、開発中の商品サンプルを社内ですら非公開にした。

「その後、スティックシリーズのデザインも新興の中華コスメデザイナーが起用されて、うちが懇意《こんい》にしていたデザイナーさんはコンペにすら出られませんでした。うちに十年もデザインをおろしていた会社さんからは非難ごうごうです。もう、デザイナーと商品開発部の板挟みになってて、胃が……」

今まではパッケージデザインと広告用デザインをまとめて同じ業者に発注をかけていたのである。

あたた、と一也はおなかを押さえて体を曲げる。

「このままだと、僕、死にます。きっと僕の席もなくなります。広告宣伝課にいるのに広告作れない時点でいる意味ないですもん」

「中神さん、落ち着いてください。死ぬのも席がなくなるのも、現時点では想像上の出来事です」

「そう……そうですよね、想像だ、まだ僕のイマジネーションのただなかだ」

わけのわからないことを口走り始めている。詩央は危機感を覚え、提案した。

「とりあえず、唐さんにもう一度アタックかけてみましょう」

「だめですっ、僕のイマジネーションの外に出る行いはできない！　唐さんの内線番号を押すだけで、指先が震えます。どうですか地蔵《じぞう》さん、僕の指先は」

「現実として、震えてますね」

ぶるぶると揺れる中神の指先を見て、詩央はヘルプを頼むことにした。会議室の内線電話から、米村《よねむら》さんの番号を押す。

「すみません。体調を崩されている社員の方が。救急車は今のところ必要ないので、胃薬とブランケットを用意していただけますか。私が救護室まで連れていきます」

「あらまぁ、誰ぇ」

米村さんはのんきそうに言う。そういえば、まだ九時だった。彼女は出社したばかりで、頭が働いていないのかもしれない。米村さんのスイッチが完全オンになるのは十一時以降だ。

「広告宣伝課の中神さんです。とにかく救護室へ連れていきます」

「担架は？　車椅子《くるまいす》は？」

「いりません」

「じゃあ、コーヒーマシンの補充が終わったら行きますから」

米村さんは眠たかったのか、通常運転に戻った。

僕……仕事が、と一也はぼやく。しかし唐飛龍が情報を渡さないのなら、彼の仕事もストップしたままだ。雑務はあるだろうが、大物には手を出せないだろう。

「中神さん。今は休んでください。いざというときに動けるようになるための休みで、これは逃げではありません。まだいざというときはきてないんですよ」

詩央の言葉に、一也は弱々しくうなずいた。

もしかしたら彼の力になれるかもしれない――。詩央はこぶしを強くにぎりしめる。

「良い考えがあります。今日の午後、営業会議で大会議室が予約されているんです。新しい商材の情報は全部署がほしいはずです、他部署のお偉いさんを味方につけて説得してもらいましょう」

外堀から埋めるべきだ。菅原結果《すがわらけっか》を説得できるのが望ましいが、単騎特攻すればそれこそ火傷《やけど》ではすまない相手である。

こういうときこそ、使える手札を持っている。

あたためていたアンケートだ。

WEBアンケートの要項を眺めて、七星悠馬《ななほしゆうま》は満足そうにうなずいた。

「いいじゃない、地蔵ちゃん。これよくできてるよ」

いつの間にかあだ名で呼ばれている。しかし自然だ。まるで何年も同じ学舎《まなびや》で学んだ先輩と後輩のようなフランクさがある。この空気のつかみ方、さすがの営業職だ。

営業部のオフィスに菅原結果はいない。

LINEかチームスか、悩んだ末にチームスで駒沢朱里《こまざわしゆり》にそれとなく営業部の雰囲気《ふんいき》をたずねた。事務員が席でスマホをいじっていることを、結果は許容しない気がしたのだ。うにょうにょと蠢《うごめ》く三点リーダーのすえ、「今日は穏やかです」と返信が来た。「女帝がいないので、今日は誰も当たり散らされておらず、平和です」をうまいこと社用に直すとこうなる。彼女が社内チャットの使い方を気をつけてくれるようになって、大変ありがたい。

悠馬はPCの画面をスクロールして、あえて言うなら、と付け加えた。

「もう少しイラストとか入れてわかりやすくできないかな」

「やってみます。……ところで、お聞きしてもよろしいでしょうか」

「何でも聞いちゃって～」

「新しい商品が、近々発売されるってご存じですか？」

「おお、どうもそうらしいね。唐さんが開発してるやつだから次も売れるだろうね」

ここまでは伝達済みか。だいたい中神一也が持っている情報と同程度である。

「ローンチが二月という話を小耳に挟んだんですけど」

「聞いてない」

悠馬は目を見開き、立ち上がった。

そう。聞いていればこんなところで不要不急のアンケートなどのんびり作っている場合ではない。先日のメイクジャパン・フェスのおかげで、営業部はてんやわんやだった。誰も新作の情報に耳をすませていない。

（本来なら、同じ社内で情報を集めなきゃいけないこの状況がおかしいんだけど……）

悠馬はカレンダーを手に取る。もうすぐ正月だ。取引先はいっせいに休みに入る。なにかを仕掛けるつもりなら、今すぐ動かないと間に合わない。——むしろ、すでに手遅れかもしれない。

「えっ、それって健食？　メイク？　どっち？」

「存じ上げないです」

「そうだよね。地蔵ちゃん、総務だもんね。え、ローンチの話ってどこから？」

「先ほど、トイレのつまりを直しに行ったときに小耳に挟みました。誰が話していたのかはわからないです。トイレが詰まっていたので、そちらに必死でした」

「そうだよね、トイレは一大事だ、集中したほうが良い」

相当慌てている。ダメ押しの一手だ。

「私も、新商品に期待しているんです。でも、不破《ふわ》部長はきっと何も知らないでしょうから……もしかしたら菅原取締役ならって思ったんですけど」

「情報の開示については、色々あったからね」

悠馬はあせりながらも、言い聞かせるような口調になった。

「地蔵ちゃん、いい？　このことは社内で公式に発表があるまでは内緒にしといて。俺から結果さんにうまく言っておくから、そのうち商品についても教えてあげられると思う」

――かかった。

悠馬はいかにも自分が重大な情報を仕入れてきたかのように、菅原結果に報告するだろう。それでかまわない。

「お願いします、七星主任」

詩央は軽く頭を下げた。朱里がうっとりとこちらを見ている。この様子、劇場公開するつもりなのだろうか。詩央よりも先に、彼女を口止めするべきである。

会議室のテーブルを熱心に磨《みが》きあげながら、詩央は壁掛け時計をチェックする。十六時からは営業会議だ。社内で一番、出席者の多い会議となる。講堂のような大きな会議室には、出席者の席にネームプレートとスタンドマイクが設置されている。

しかし、詩央は出席者には含まれていない。お茶のセッティングも無事に完了して、あとは立ち去るだけである。

（七星さん、菅原取締役にうまく言ってくれたらきっと……この会議で質問があがるはずだ。新商品について）

さすがに取締役からたずねられたら、唐だって口を割らざるをえないだろう。彼の上司の大久保《おおくぼ》部長も態度を軟化させるかもしれない。

「あ、お疲れ様です」

一番乗りは噂《うわさ》のその人、唐飛龍だった。黒ぶちのめがねから射貫《いぬ》くような冷たい双眸《そうぼう》。白いシャツにネクタイを締め、白衣を羽織《はお》っているのが彼の定番スタイルである。

「お疲れ様です」

詩央の存在をみとめると、ただ機械的に挨拶《あいさつ》をかえした。雑談に興じるつもりはないらしく、自前のノートPCを配線につなぎ、動作確認をしている。

「総務部の方ですか」

キーパッドに指をすべらせて、画面に見入ったまま、唐はたずねる。

「そうです」

「いつも思うんですけど、カップにお茶を淹《い》れるのやめてもらえませんか。会議が始まる頃には埃《ほこり》が浮いている。ペットボトルに替えてもらいたいのですが」

「えっと……そうしたいんですけど、菅原取締役が、冬に冷たいお茶は体が冷えるとおっしゃって……」

こんなに冷える日に冷たいペットボトルなんてなにごとよ、と以前文句を言われたのだ。

「なら彼女にだけ温かいお茶を出せばいい。この出席者の数で、カップを用意してお茶を淹れるのは非効率的です。なにより大多数はカップの埃を不快に思っている。そもそも取締役とはいえ特定のひとりのわがままを、検討《けんとう》もなしに受け入れるのはどうかと思いますけどね」

なんだこいつは。そもそも自分が口をつけるお茶くらい、持参すればいいのに――。と思うが、言えない。最川堂《さいかわどう》の総務部は雑用係だ。電話一本、「お茶」と言われれば給仕しなくてはならない。そういう仕組みになってしまっている。

(唐係長って滅多《めった》に総務部と関わり持たないから知らなかったけど、さすが噂通りのキツイ人だわ……)

彼に関する愚痴《ぐち》はたびたびあがっている。今日の中神のように。

唐はちらりと顔を上げた。

「肌」

「え?」

「荒れている。たぶん寒気と暖房が原因ですね。保湿が足りていない。『水の星座』を試されてはいかがですか」

肌って、私の肌のことを言っているのか。測定してくださいなどとお願いしたおぼえはないが。

詩央は咳払《せきばら》いをした。

「使ってますよ」

「は?」

「使ってます。ミスト化粧水《けしょうすい》『水の星座』と、スティックコラーゲン。ちゃんと持ち歩いてますから」

そばに置いていたペンポーチから、青いキャップのスティックコラーゲンを取り出した。化粧ポーチに入れると飲むタイミングを忘れてしまうので、いつも持ち歩くペンケースに入れているのだ。

彼はつかつかとやってくるなり、詩央の手におさまっているスティックコラーゲンをつかんだ。

「スティックコラーゲンまで摂取《せっしゅ》してこれか!?」

「ひっ」

「まさか……商品が劣化している？　いや、賞味期限は問題ない……」

「あの、一体なにを」

「寝る時間は？　食べているものは？　屋外で長時間行うスポーツをされていますか？」

「え」

「そうでなければそのクレーターだらけの壊滅的な肌はありえない。私の商品を使っておいて、仕上がりにそれはない」

彼のまなざしはあくまで真剣だった。真剣に、詩央の肌を「ありえない」と言っている。

（いや、ありえないのはお前だ。そりゃ、最近ストレスや考え事も多くて、たしかに肌はカサカサだし、十代の時のニキビ痕いまだに消えてないけど——。それ、面と向かって言うことなの!?）

スティックコラーゲンを取り返すと、詩央は「お言葉ですけど」とくちびるをとがらせた。

「肌に悩みがあるから、こういったものを使ってるんです。悩みがなければ、ドラッグストアで売っている安い化粧水やクリームで済むんです」

最川堂の取扱商品の中には、ドラッグストアで販売をしているものもあるが、星座シリーズはメインラインの化粧品で、社員販売価格でもそこそこ高価である。

唐の視線はいっそう冷たくなった。

「悩みを解決するのが私の仕事です。これでは職務をまっとうできていない。あなたの肌は私の失敗作だ」

「唐係長、あのですね」

「一度サロンでカウンセリングを受けることをおすすめします、社割がきくので。年齢を重ねる前にリカバリーしないと命取りになる。総務部ならサロンの利用申請方法くらいご存じでしょう」

彼は遮《さえぎ》るようにそう言った。

福利厚生《ふくりこうせい》の一環で、最川堂クラブの直営サロンを割り引きで利用できる。この社員用申請書のとりまとめは、たしかに総務部が行っている。

なにかを言い返した方がいいのかと思ったが、会議室に次々と人がなだれこみはじめた。

掃除《そうじ》用具を持って、詩央はそっと場を辞する。

米村さんは午後には早引け、不破部長は人事部との打ち合わせで留守だ。予定確認済み。つまりは詩央が小一時間席を外していても、誰も気がつかない。

彼女は隣の空《あ》き会議室に入ると、壁によりかかって耳をつけた。

――それにしても、唐飛龍。女性社員相手にデリカシーがないったら。年下だからなめられているのだろうか……。

先ほどのやりとりを思い出し、むかむかと腹に怒りをためこんでしまう。

（まあいい。唐め、これからきっと女帝に怒られちゃうんだろうし、このくらいは多めに見るわ）

ちょっと意地悪な気持ちがもたげたが、これも社内の仕事を円滑に進めるためだ。唐飛龍が新商品の情報を吐くところをこの耳で確認せねば。

「定例営業会議を始めます。まずは今月の売上げ報告を、菅原取締役よりお願いします」

マイクを通した声は、七星悠馬のものである。営業マターの会議なので、進行役も営業社員が行っている。

出席リストに名前があったのは、最川社長・菅原取締役の経営陣ふたり、営業部の主要社員と、商品開発部の大久保部長・唐係長、経理部の喜里川《きりかわ》部長。そしてカスタマーサポート部より兵藤《ひょうどう》センター長の名前もある。

（養子が全員揃っている）

どきりとした。渦中《かちゅう》の人物が揃う機会はなかなかないかもしれない。

「報告いたします。十一月下期から十二月上期の売上げですが、メインライン・既存ブランド共に好調です。コロナ禍《か》ゆえに苦労するかと思いましたが、最近はマスク解禁のきざしがあり、徐々に口紅やチークなども売上げを取り戻しています」

よく通る声は菅原結果である。しかし、やはり壁越しなので声が遠い。詩央の目に留まったのは、非常階段だ。

扉はかたかった。ぎい、と存外大きな音が出て、思わずドアノブにしいっと声をたててしまう。なにをばかやっているんだろう。

ともかく、階段を数段のぼれば、営業会議の様子が見えた。コロナ対策で冬でも窓をあけているので、意外と声もよく響いた。

スクリーンにグラフが表示される。堅調な売上げの伸びを示すグラフだ。結果は自信に満ちあふれた足取りで、スクリーンの前を横切る。

「また、春の限定コフレとして最川堂のオリジナルポーチ・ミラーがセットになったコフレを来年二月下旬から三月にかけて各デパートや量販店に配布予定です。こちら、営業部主導で動いた企画ですが、大変好評ですでにコフレセットは追加発注が決定しております」

結果は壇上《だんじょう》脇のテーブルに両手をつけ、前のめりになった。

「さらに先日のメイクジャパン・フェスでは弊社《へいしゃ》が売上げ一位を記録しています。メインラインはもちろん、星座ミストやスティックシリーズも当日のタッチアップを中心とした販売方法ですべて完売。物販会場ではコフレの予約も受け付けましたが、それも当日予約分は完売しております。社長、メインラインの追加発注をお願いできますか」

藤十郎《とうじゅうろう》はうなずいた。

結果はその了承を受け、胸を張る。

「また、新規出店として地方の大型商業施設三箇所《かしょ》にブランドショップをオープン。先日商談を終えてきました。確実に出店できる見込みです。すでに宮城と福岡にある同商業施設の売上げを、経理部の喜里川部長」

「はいっ」

喜里川は緊張した面持《おもも》ちで画面を切り替える。

「すでに、これほどの売上げを記録しております」

地方の売上げが都心に負けじと強いのは、最川堂の特徴である。新規の商業施設の建設や、空き店舗の噂《うわさ》を聞きつければ、競合するコスメブランドが出店する前に場を押さえてしまうのだ。企業力が強いからこそできる手法といえる。

藤十郎はひげをいじりながらたずねる。

「新規の出店先に茨城があるな。――茨城は、コスメ・ダリアのお膝元じゃなかったかな」

競合他社のコスメ・ダリアは茨城に自社工場と営業所を複数店持っている。従業員数で言えば中小企業にあたるが、オープンにされている売上げ規模は百五十億円を超えている。看板商品の目もとケア美容液だけでなく、自治体とのコラボ商品も強く、北関東の個人店の販路はほとんど塞《ふさ》がれていた。

「はい。しかし私と七星で、商業施設の担当者を説得してまいりました。コスメ・ダリアよりも施設の入り口に近く、大きなスペースを確保できています」

拍手が沸き起こる。結果はそれを満足そうにながめ、続けた。

「また、七月発売のスティックシリーズの伸びは堅調で、今や世代を超えた大ヒット商品になりつつあります。こちらの商品に関して、現在の美容系インフルエンサーだけでなく、五十代・六十代向けの雑誌媒体《ばいたい》で編集部員によるレビュー記事を特集していただいたことも大きく影響しているでしょう。雑誌掲載は広告宣伝課と共に、うちの七星が主導しました」

悠馬がスティックシリーズの伸びを示すグラフに切り替える。

敗北しらずの右肩上がりだ。

結果は豊かにカールした髪をかきあげ、するどく眼光を光らせた。

「私たちに商品を持たせてくだされば、コロナ禍であろうと戦時中であろうと、ひとつ残らず在庫を売り切って、必ず黒字にいたします」

彼女のくちびるから飛び出す言葉は、力強い。

結果はマイクに体を近づける。

「以上を持って営業部の報告を終えましょう。営業部第一営業課、菅原結果。——私は、結果を残します」

水を打ったように場が静まりかえった後、彼女を称賛する言葉が、席のあちこちから飛び出した。詩央も思わず拍手しそうになったが、あわてて手を引っ込める。

「なにかご質問のある方は」

悠馬の問いかけに、唐はいらだったようにペンを二度机に打ち付けると、発言した。

「雑誌媒体に特集を載せたおかげで売上げが好調である根拠は？」

けだるそうに首をかしげ、挑戦的な視線を向ける。

「私は出版業界に明るくはないですが、雑誌の売上げ、年々落ちてますよね。読み手は減っているはずです」

「シニアはよく雑誌を読みます。若い世代はスマホばかりいじるけれど——」

「あなたはシニアですか？　菅原取締役。スマホは持たず、分厚い雑誌を持ち歩いていると?」

盗み聞きをしていた詩央も青ざめた。

最悪である。とんでもない爆弾を投下した。結果は来年には五十歳、たしかに雑誌のターゲット層には当てはまる。しかし、世間一般のシニアのイメージからはかけ離れている。

唐の言葉に、結果はみるみると顔を赤くする。

「唐係長」

悠馬が静かに声をあげた。

「その質問の意図を説明してもらえませんか」

彼の言葉に唐は鼻を鳴らした。

「シニアはスマホを嫌う。雑誌に載せたから売れた。どれもこれも商品の力そのものを無視したこじつけにすぎないと思ったので、お伺《うかが》いしました」

「しかし、売れたことには必ず理由はあります」

「営業部の手柄でなければならない理由もない。出版社に広告料を渡して好意的なレビューをしてもらわずとも、スティックシリーズの売り上げは伸びている。コフレの件にしてもそう。たかだか粗品のポーチと鏡をつけたコフレが、そのおかげで売れたとでも? どのみち商品は継続購入する予定だし、この機会に春先に使う分も確保しておこうと思った層がいただけかもしれない」

兵藤が手を上げる。

発言を許された彼が、静かに語りはじめる。

「コールセンターには、雑誌をご覧になった方からの問い合わせが寄せられています。購入したいが窓口が分からない、ホームページを見たが自由選択のキャップの選び方が難しいというものです。問い合わせの年齢層はたしかに五十代から八十代までさまざまですが、親世代の雑誌を見て問い合わせをしてくる二十代の方もいます。反響は間違いなくありますが、たしかに世代は断定できない。しかし、商品そのものを知る機会に雑誌掲載は一役買っているはずです」

彼はどちらの肩入れもせず、さざなみだった空気だけをおさめた。

「今期の売上げが好調なのは、雑誌に載ったからでもフェスに参加したからでもない。ただシンプルに商品力によるものです」

唐の自信は、翳《かげ》るということを知らない。

兵藤はそんな彼の様子にまなじりを下げた。

「社長。商品の話になりましたので、報告事項をひとつ付け加えてもよろしいでしょうか」

「どうぞ」

兵藤は大きな身体《からだ》を折り曲げて、据え置きのマイクに口元を近づける。

「スティックコラーゲンシリーズですが、パッケージによってはラムネ菓子と見分けがつきにくく、お子さんが誤飲してしまう例が数点寄せられています。たまたまアレルギー体質のお子様が口にされて、全身に発疹《ほっしん》、発熱などの症状が出たと」

兵藤が症例写真に切り替える。発疹だらけの腕の写真と、口の周りに赤い水ぶくれができている子どもの顔がうつしだされた。目元は隠されているが、たしかに痛ましい様子だ。

法務課とまじえてクレームの入った顧客《こきゃく》とは交渉中だが、まだ長引きそうだという。

唐は目をつりあげる。

「そんなものは言いがかりだろう。ラムネ菓子と間違えた？　パッケージに注意書きも記載している。まともに相手をするつもりか」

「顧客様の意見をお伝えするのが、僕の役割ですので」

「まあ、唐くん、そのくらいにして。デザインの件は一度こちらでもんでみます。次のリニューアルには間に合わせますので」

むしろ彼の上司の大久保部長の方があせっている。

法務課からクレームに対する追加の報告を終えると、いったん小休止のような雰囲気《ふんいき》となった。全員がお茶をすすって、画面を見たり雑談に興じたりしている。

ゆるんだ空気を悠馬がほどよく締め直す。

「それでは、引き続き十二月後半から一月の売上げ目標についてです。こちら前年比一・二パーセント増を見込んでいますが、問題ないでしょうか。速報ではスティックコラーゲンの売上げが堅調ですので、もう少し伸ばしても――」

「スティックシリーズは発売してから時間が経っている。いくら営業がイベントに持ち出して、宣伝課が広告を打ったとしても今後は徐々に下がるはずだ。顧客は先月・先々月に各ブランドのクリスマスコフレを手にしたばかりで、追加購入もにぶる。もう少し厳しく見た方がいいだろう」

藤十郎の発言に、経理部の喜里川部長があわててメモを取る。帰ったらすぐに、今期予算を一部作り替えなくてはならないのだろう。

社長の声のトーンが厳しいようならば、営業と経理をまじえた緊急ミーティングが開かれることもある。悠馬は喜里川の動きをじっと見守ってから、声をあげた。

「他に、ご質問等ありますでしょうか」

大久保部長から手が上がる。

「先ほど社長からクリスマスコフレの話が出ましたが、三月に発売の春限定コフレについてです。メインラインでクリスマス以外のコフレを発売するのは三年ぶりでしたね。これに関する情報は会議でのぼってこなかった。知っていれば我々も、限定カラーの化粧品《けしょうひん》くらいはお出しできたかもしれないですが。そうすればこの先の売上げはもっと上を目指せたかもしれない。こういったことは社内で一丸になって、取り組まなければならないことです」

「お言葉ですが」

結果はゆっくりと壇上《だんじょう》を降りて、大久保部長の方へ近づいていった。

「小耳に挟みました。唐係長が新しい商品をすでに開発されて——二月には表に出す予定であるとか？」

大久保部長は、ぴくりと背を正す。

「困りますね。一丸とならなければいけないのは、まさにこの時ですのに。先に情報があれば、我々も動きようが——」

「またシニア雑誌にでも載せますか」

「唐係長」

唐飛龍はくすくすと笑っている。

「我々が勝手に商品を作り、勝手に秘匿《ひとく》しているとでも？　社長の許可は取っています。

凜議《りんぎ》はきちんとあげていますよ。あなたがたに見る権限がないだけだ」

「この――……」

結果がなにかを言う前に、悠馬がパンと手を打った。

「みなさん！　ちょっと肩こってきませんか⁉　もう会議が始まって一時間近く経ってます。ちょっと伸びしましょ！　伸び！」

うまくない場の作り方だった。誰ひとり、悠馬のストレッチに付き合ったりしない。

しかし、菅原結果は止まった。彼女がなにか決定的なひとことを言おうとしたが、それを呑《の》み込んだように思えた。

「……司会を続けなさい」

「はい、結果さん」

結果は不機嫌そうに眉《まゆ》を寄せる。

悠馬はにこにこしながら続けた。

「では、続けてみなさんお待ちかね。春の販促キャンペーンについて、広告宣伝課から発表していただきましょう――……」

*

七星悠馬。実力のほど、不明。お調子者かと思いきや、意外と場の空気を読んだ行動をとる。菅原取締役を怒らせないように、いつも細心の注意を払っているように思える。

兵藤光淳《こうじゅん》。人当たりの良さと比例するように、底知れない不気味さもある。他人に寛容なように思えて、誰よりも他人を受け付けない人柄かもしれない。しかし、交渉術には長《た》けている。

唐飛龍。実力は申し分なく、貢献度も高いが、とにかく敵を作りやすい。社長になったらとてつもなく取り扱いにくいだろうが、一貫してうそはついていないように思える。彼という実力者なしには、今後の最川堂は立ち行かないであろう。

タブレットに打ち込みを終えると、詩央はふうっと顔を上げた。

先日の営業会議を見て、ますますどうしたらいいのか分からなくなった。養子の三人とも、絶対にこの人だと思えない。

彼らを見てきた印象をまとめはじめたが、正直なところどの人物も一長一短であった。

帰宅してからもタブレットをにらみつけ、悩み、頭をかきむしる。洋平《ようへい》が心配そうにこちらを見ていたが、構ってなどいられなかった。

三月までこのままじっくり観察していて、果たして問題ないのだろうか。あと三ヶ月で誰かが取り返しのつかないぼろを出したり、即決に至るような功績を出すのだろうか。

「……おい」

まぶしいと思ったら、洋平がペンライトをつきつけていた。

「お前、これ行ってこいよ。悪かったよ。ストレスたまってるんだろ。ここ一週間、お前ずっとそんな感じじゃねぇか」

かわゆりのポスターに、ブルーのライトを向けている。

「洋平」

「後輩の紹介で、臨時バイト入ったから。一週間くらいだけど」

あれだけ修行期間は終わっただの自分の店を持つだの言っていた洋平が、他人の下で働くと言う。テイクアウト専門の和風惣菜屋《そうざいや》で、年末からお正月にかけての繁忙期《はんぼうき》に仕込みの人員が足りないらしい。

「なんか最近帰ってくるのも遅いしよ。あれだろ、生活残業ってやつしてるんだろ」

「してないよ」

「金のことなら心配すんな。とにかく行ってこい。いつも金曜になったらライブ行ってたじゃないかよ。なんか、お前やべえぞ。顔つきは山姥《やまんば》みたいだしよぉ」

「誰が山姥だよ」

本当は、今日もライブがある。二十時からだけれど、今から出れば三十分くらいの遅刻ですむ。

行きたいけど。けしてドルコレが嫌いになったわけではないが、会社の命運をかけた密命を背負って、のんきに遊んでいていいのかな、と疑問が小骨のようにつっかかってしまう。

あまりにも大きな悩みを背負うと、人生の活力だった推しでさえ、存在が薄れてしまうのだと詩央は知った。

「今、いろいろ考えたいことあるんだよ」

「そういうときこそ、必要なんじゃねえの。気分転換」

——まぁ、そうかもしれないけど。

「あー、俺なんか作ってやろうか。かわゆりってやつに。差し入れとかすんだろ?」

「生ものの差し入れとかキモすぎ。絶対食べないから」

「誰がキモいだテメェ。人がせっかく千年ぶりに気ぃ遣ってやってんのによぉ」

洋平はぎゃあすか騒いでいたが、部屋から追いだした。

詩央は、ペンライトをつけたり消したりを繰り返してみる。

違うことで頭をいっぱいにしたら、意外となにかに気づけるかもしれない。

頭がパンクする。いや、もうさせよう。推しのパワーで脳みそをはじけさせたら、きっともう迷わない。破壊と再生である。

いつもドルコレのライブに持参する、ブルーのトートバッグを、詩央は久方ぶりにクローゼットから引っ張り出した。

「あのさ。差し入れいいから、駅まで送ってくれない?」

洋平は、冷蔵庫から取り出しかけたビールを、なにも言わずに庫内へと戻した。

詩央は新宿《しんじゅく》のライブハウス前に立っていた。貴重品をロッカーに預けると、ペンライトやうちわ、ショルダーバッグ型の財布だけになる。

すでに何曲か披露した後のようで、紫色のライトに照らされて、メンバーは額に玉のような汗を浮き上がらせている。

「ごめんなさい、お水ちょっといいですかぁ」

かわゆりはステージに置いていたペットボトルを取り上げて、顔のそばにかかげた。最前列のファンが「飲んで飲んで！」と声をあげている。

「今日、初ステージの子もいるんです。子《こ》いずみちゃん」

かわゆりに紹介されて、まだ初々《ういうい》しい新メンバーがぺこりと頭を下げた。ショートカットにくりくりの瞳。ヘッドドレスがよく似合っている。

「小学生の頃から、教会で歌っていました。歌が大好きです。よろしくお願いします！」

比べてみると、かわゆりはずいぶんとお姉さんに見えた。自分より年下なので、詩央は永遠にかわゆりが幼い存在であると、勝手に思い込んでいたのだ。

「それでは次の曲いってみますか。準備はいい？」

かわゆりが耳に手をあてる。詩央はペンライトをかかげて叫んだ。

「もういっちょいってみようか。準備はいい？」

「「おお——!!」」

「はい、子いずみちゃんも！」

かわゆりにうながされ、子いずみちゃんはたどたどしくマイクを掲げる。

「準備は、いいかーっ!!」

「「おお——!!!」」

「では、みなさんおなじみの曲です。聴いてください！」

ライトがステージをつらぬいた。

持ち曲を二曲、先輩アイドルのカバーを三曲、最後にもう一度、リリースしたばかりの新曲を歌って、全力のパフォーマンスだった。詩央は叫び、歌い、ペンライトを振りまくった。

よかった。かわゆりを見たら、いつもの私に戻れそうだ。

かわゆりがステージを歩き、客席に視線を向ける。届かないとわかってはいても、かわゆりが気づいてくれたらいいなと思い、胸の前にうちわを掲げた。

ぱっちりとした瞳、抜けるように白い肌、ダンスを踊っても下着が見えないように工夫《くふう》されたフリルたっぷりの衣装を揺らして、彼女は詩央のうちわを指さし、笑顔で手を振ってくれた。

……あ、お人形が、こっちを見ている。

（やっぱり、ここのところ徳を積みまくっていたからだ）

最川堂の、さまざまなスタッフの愚痴話《ぐちばなし》が、走馬灯《そうまとう》のように詩央の全身をかけめぐっていった。

歓喜の中、詩央の脳みそはたしかに昇天した。

ライブ後のチェキ会は、汗をふいたばかりのかわゆりが出迎えてくれた。

「しおちゃーん！　来てくれたんだ！」

「かわゆり……!!」

チェキを取ってもらうのはこれが初めてではない。ドルコレはファン密着型で、ライブのときはほぼ必ずチェキ会がある。熱心なファンは全通《ぜんつう》して、何枚もチェキを撮る。詩央は金銭的な理由でそういった推し方ができない。

「なんかあんまり来られなくてごめんね、最近」

「そんなことないよー。見たでしょ。最近新しいメンバーの方が、人気なんだよね……」

子いずみちゃんの他にも新参メンバーがいて、学業に支障のない程度にかわりばんこでライブに出演している——というのは、詩央もＳＮＳを通じて知っていた。古参メンバーは固定だが、まだ覚えることの多い新メンバーはローテーション。今日は「子いずみちゃん」の出演回なのである。

教会で歌っていたという彼女は、すでに個人名義のＳＮＳではちょっとした人気で、自宅のガレージを改造したスタジオで、海外アーティストのカバー曲などを披露していた。その時からのファンも今日のライブに来ているようである。初出演とは思えないほど、彼女の周りに人だかりができている。

子いずみちゃんを含む不定期メンバーが三名加入して、古参メンバーはひとり卒業した。新曲も歌唱力のある新しいメンバーに合わせたものになっている。

「しおちゃん、びっくりしたでしょ。メンバーが替わるライブ初めてだもんね？」

「うん、ちょっと驚いたけど、私はかわゆり推しだから、いつ行っても楽しめるし。それに学生メンバーが学業に専念できるんだったら、いい運営だよね？」

「たしかにー。それは、私も思ってる！　お姉さんとして安心！」

デビューしたばかりのときは十代だったかわゆりも、もう二十代の半ばを過ぎた。メンバーの中では最年長だ。

以前からドルコレを応援していた者ならわかる。

新しい時代を迎えようとしているのだ。

かわゆりは、しょんぼりと眉《まゆ》を下げた。

「私、ソロパートなくなっちゃったよ。落ち込むんですけど」

「ダンスかっこいいよ、私ずっと見てたから！」

いつもなら、チェキの順番を急《せ》かされる。しかし詩央の後に並んでいる人はいなかった。かわゆりの人気が翳《かげ》ってきているのだろうか。こんなにかわいくて、いい子で、頑張っているのに。

沈んだ様子だったかわゆりは、慌てたように顔を上げる。

「心配しないで。まだ卒業しないから！　だってアイドル好きだもん。好きだから続けられるし、これが私の、天職なのだ！　って思ってる」

「かわゆり……」

ドルコレは第三期生を募集していた。彼女たちをプロデュースしている運営会社が変わったのだ。はじめから実力のある若手を、不定期メンバーとして次々と投入する。レッスンを受けさせるコストもかからないし、出演するアイドルは学業や本業のある子もいるので、そちらの活動をおろそかにせずにすむ。そのかわり、メディアに出演するときは人気を重視したメンバー構成にするつもりらしく、ラジオ番組やローカルテレビの出演は全員ができるわけではない。そのため、ファンも推しを追いきれないこともしばしばだ。

今は、古い時代と新しい時代が混ざり合う、複雑な過渡期である。

こういったチェキ会もそのうちなくなるかもしれない、とは噂《うわさ》されている。

「今、ドルコレで私になにができるのか……このグループで長年やってきて、誰よりもドルコレが好きだからこそ、自分の力を信じてがんばってみたいんだ」

かわゆりは、用意していたかのようにしっかりとそう言った。

何度も自分に言い聞かせていたのかもしれない。

「絶対、できるよ。かわゆりなら。ダンスも一番うまいし、MCもすごい上手《じょうず》だったもん」

実際のところ、ステージ慣れしているぶんかわゆりのトークは初期よりも達者になっていた。古参には古参の安心感がある。立ち上げメンバーがごっそりといなくなったら、それはもはや「ドルコレ」と呼んでいいのかわからない。

「ありがとう。新しいメンバーはたしかにすごいと思うけど、気持ちは負けてないよっ！　しおちゃんといると、ついこぼしちゃってごめんね」

「ううん、私はかわゆりに元気たくさんもらってるから」

励《はげ》まされた気分になり、詩央はかわゆりと固い握手をかわした。

好きな気持ちは、誰にも負けてない……か。

内心は絶対にあせっているはずだ。そんな気持ちをおくびにも出さずにまっすぐに向き合ってくれるかわゆりに、思わず目頭《めがしら》が熱くなる。

「え、何泣いてるの！　なんか辛《つら》いことあったんでしょ！」

「大丈夫、かわゆりの顔見たら本当に元気になったから」

「私、ずっと推してくれてるしおちゃんには感謝してるんだ。いつでも元気でいてよね！」

かわゆりはチェキにサインを書き込んでいる。

しおちゃんへ！　大大大好き！　次のライブも会おう！

サインペンできゅっきゅと綴《つづ》られたそのメッセージを、詩央は凝視した。かわゆりがサイン以外のメッセージを書き込むことはとてもめずらしかったのだ。

「はい、どうぞ！」

チェキには満面の笑みのかわゆりと、ちょっとぎこちなく体をかたむける詩央がうつっている。

──私、推しに心配かけてる。

今、不安な気持ちでいる推しに、さらに心配までかけてる。

詩央は愕然《がくぜん》とした。そして、チェキを受け取ると、彼女はきっと目つきをするどくした。

「かわゆり。私……がんばるから。なんとか、決めてみせる、いろんなことを」

「？　頑張って！」

ドルコレが変わっても、もしかわゆりがいなくなっても、彼女のいないドルコレを推し続けることができるだろうか。

それは詩央にとってはとても難しいことだった。ライブに行ったとしても、かわゆりのいない穴をよりいっそう大きく感じてしまうはずである。だが、古いファンが卒業して新しいファンが入ってくるのは、運営にとっては正しい循環なのかもしれない。

（……たぶん、それは最川堂も同じだ）

藤十郎の引退は、最川堂の歴史にとって大きな穴となる。これが原因で会社が傾くようなことがあれば、社員たちは人生の大きな選択を迫られることになるだろう。会社と従業員は一蓮托生《いちれんたくしょう》なのだ。最川堂には、循環の時が待っている。

社長が交代すれば、会社の雰囲気《ふんいき》も変わる。経営方針も変わるだろうし、今まで当たり前だと思っていた仕事も変容してゆく。良い意味でも悪い意味でも、古いやり方が通用しなくなるだろう。

これまでもきっと似たようなことを繰り返してきたに違いない。藤十郎の兄が亡くなったときや、重役が引退したとき。小さな規模で言えば、隣の席に座っていたスタッフが退職したとき。月日を重ねれば少しずつ、だが確実に人がいなくなり、誰かが補充されれば環境は変わっていく。細胞が入れ替わるように。

そして、入社したそのときからまったく違う場所に、自分が立っていることに気がつく。

今、この瞬間の最川堂は、けして永遠ではないのだ。

こわがっても、鬱屈《うっくつ》としても、時は無情にすぎる。

ならば、腹を据えてやれることをやるしかない。

かわゆりは手をふって、初めてライブに来た観客たちに、気さくに声をかけている。

彼女は、大きな恐怖と戦っているのだ。

……そして、私も。

運営がチェキ会の終了を告げ、撤収《てっしゅう》が始まる。するりと詩央の前から去ったかわゆりの残り香を、彼女は思い切り吸い込んだ。

＊

「地蔵ちゃん。今帰り？」

エレベーターホール前でばったりと出くわしたのは、七星悠馬である。

「あっ……はい」

先週のライブでとてつもないファンサをもらってから、詩央はふわふわとしていた。気を抜くとかわゆりの笑顔を反芻《はんすう》している。チェキは大事に窓付きのポーチにしまって、時折ながめていた。

「いや〜この間はどうもね。アンケート結構評判よかったよ！　慰労会もかねて飲みに行かない？」

ある。

月曜だが、営業部にとっては関係ないらしい。しょっちゅう付き合いで酒席につかなければならない彼らにとっては、月曜だろうが金曜だろうが会を開けるときが集まるときである。

「これからですか」

「営業部の若手中心で気楽な飲み会やるんだよ。駒ちゃんと仲いいんでしょ？」

駒沢朱里も来るのか。ろくに話したことのない営業部だらけの飲み会と聞いて気後れしてしまっていたが、それならまだ話しやすいかもしれない。それにかわゆりの前で、きちんと決めると誓ったばかりである。彼女にしたらわけがわからなかっただろうけど。

（七星主任を知る上で、どうしても確認したいことがある。彼の本来の実力と、他人の成果を盗み取るつもりがあって、確信犯で行動をしているのかどうか……）

アンケートの連名事件もそうだが、他の社員からも、いつのまにか悠馬が責任者のひとりになっていたという話を聞く。ここをはっきりさせておかなくてはならない。

人に仕事を振る、采配《さいはい》をするというのはけして悪いことではない。だが権力者である結果におもねり、人の功績をかすめとっているならば話は違ってくる。

場合によっては、七星悠馬は次期社長候補から外してもいいと思っている。

……と言うと、本当に偉そうだが、詩央とて選ばなくてはならないのだ。

思惑を心の内に押し込んで、詩央は返事をした。

「行きます」

「そうこなくちゃ〜。あのね、会社の近くのモツ鍋《なべ》屋さん予約してるから。もうね、無礼講《ぶれいこう》だし飲み放題だしジャンジャン飲んじゃって〜」

その言葉を鵜呑《うの》みにしたことを、わずか十分で後悔《こうかい》することになる。

詩央はぐつぐつと煮えたぎる鍋に視線を向け、肩を縮こまらせていた。

鍋の前には、ぱきっとした千鳥格子《ちどりごうし》柄のシャツに、グリーンのジャケットを羽織《はお》った菅原結果がいる。眉間《みけん》に深い皺《しわ》を寄せ、くたりと力を失ってゆく野菜に、実験動物が息絶えてゆくのを見守るかのような視線を向けている。

詩央はおそるおそるたずねた。

「あ、あの、菅原専務。お鍋召し上がりますか」

「ええ」

詩央はまごまごしながら、熱を通して透き通ったキャベツやくたりとしたニラ、ぷりぷりとスープをはじくモツを掬《すく》い取り、辛《から》みそのスープをかけて手渡した。

ぐっと焼酎《しょうちゅう》をあおり、モツを飲み込んでも結果の口紅は落ちず、むしろモツの油を吸収して、てらてらと輝いている。

「結果さん。これおいしいですっ！　一押し！」

悠馬は明太子のディップソースのついた長芋《ながいも》のステーキを結果の前に置くと、追加の焼酎をオーダーした。

結果はすばやく長芋のステーキに箸《はし》をつけ、詩央の取り分けたモツ鍋をするすると胃袋におさめた。詩央はおかわりをよそおうとしたが、「自分でやるからいい」と言うなり、彼女からおたまをうばいとって遠慮《えんりよ》なくモツを掬いあげている。

文字通り、もくもくと食べ、もくもくと飲んでいる。

「あの、七星主任。今日って若手だけの気楽な会なんじゃ？」

――女帝がいるなんて、聞いてないですけど。

心の声を精一杯押し込み、悠馬の顔を見やる。

彼は青くなって声をひそめた。

「まさか、地蔵ちゃんまで結果さんのこと『シニア』なんて言い出さないよね？」

「まさかまさか、そんなどっかのと……いやなんでもないです」

どっかの唐みたいなこと言うわけないですよと口をすべらせそうになった。あれは完全に覗《のぞ》きだったのだから、口をつぐんでおかなくてはならない。

「あのさ、若手中心の気楽な会だから」

中心の、のところを強調した。つまりただの営業部の有志の飲み会ではないか。斜め向かいの方の席で、駒沢朱里と目が合えば、彼女はグラスを顔の前にかかげて肩をすくめている。さすがに結果の前で駒沢劇場を開演するつもりはないらしい。

「で、なんでここに総務部がいるのよ」

ようやく一息ついたのか、結果はすごみ、テーブルに置かれた新しい焼酎をぐいとかたむける。

「俺が誘ったんですよ、アンケートの御礼に！」

「私が奢《おご》るんでしょうが」

「まぁまぁ。いいじゃないですか」

「あのぅ、私お金払いますけど……」

「はっ。ぺーぺーに財布出させるわけにはいかないわ。いいからあんたも食べなさいよ。私のもつ鍋、さっさと全部中身さらっちゃいなさいよッ」

結果は相当酔っている。ほら、ほらと鍋のものを乱暴に取り皿をうつし、詩央の前に差し出した。

「ったく。どいつもこいつも勝手ばっかり言いやがって。なぁにが『あなたがたに見る権限がないだけだ』だ。どこまでおちょくりゃ気が済むのよ、唐のクソガキが。あんたもそう思うわよね、朝田さん」

「朝井《あさい》です。あ、あのー……何かあったんですか？」

口ぶりからして、営業会議のことである。一部始終はだいたい見ていたのだが、すっとぼけて聞いてみた。人がこうしてくだをまくように愚痴《ぐち》を言うときは、とにかく本人の中で不満が噴出しそうになっているときだ。少し水を向けてあげれば、濁流《だくりゅう》がなだれ込んだかのように決壊する。

「そうよね、知らないわよね、雑用ばっかりの総務部は営業会議に出ないもの」

「結果さん」

悠馬はちらりと詩央を窺《うかが》うが、彼女は小さく首を横に振り、「大丈夫です」のそぶりを作った。

「だいたいねぇ、あいつが来てからうちの会社はおかしくなったのよ。やれティックトックだやれインスタ映えだやれ推し活ブームだって浮ついた商品企画ばっかり出しやがって。しかも研究投資した商品は社内で出し惜しみしたあげく、中国のよくわからんインフルエンサーにばらまいて、あっちで先行発売したのよ。肝心《かんじん》の日本で出す商品がなかったときもあったわぁ。あいつは売国奴《ばいこくど》よッ、スパイよッ」

「中国のインフルエンサーに配布したことがあったんですか？」

「そうよ。だから星座シリーズもスティックシリーズも当初の発売予定より遅くなったの。広告宣伝課のバカがキャバで情報漏洩《ろうえい》したのは、たしかその待ちのタイミングだったわねえ」

そうだったのか。ということは、ずいぶん前から唐は独自の販売計画を練《ね》っていたことになる。てっきり情報流出がきっかけで慎重になっているのかと思ったが……。

（唐係長は、自分の作り出すものをどう世の中に乗せるか、きっといつも考えている。彼はメインラインよりも新興ブランドの方がやりがいがあるんだろうな）

そして、結果は果敢《かかん》に攻めるように見えて、商品に関しては完全なる保守派だ。ふたりがぶつかりあうのは無理もないことであった。

「でも、中国で売れるならそれはいいことですよね？」

詩央の言葉に、結果は「やり方が気に入らないって言ってるのよ」と続ける。

「最川堂のコスメはね……。もともとは最川社長のお母さま……久子《ひさこ》さんのために作られたものだったのよ。とても肌が弱い方だったの。今でこそ大企業のトップに立っている社長だけれど、昔は貧乏で暮らし向きに不自由したと聞いているわ。久子さんは長らく敏感肌向けの化粧品《けしょうひん》を独学で手作りしていたそうよ」

藤十郎と彼の兄は、もとは薬売りを商《あきな》いとしていた。久子のために、皮膚《ひふ》のダメージに対するアプローチをしようと始まったのが最川堂シリーズだった。今の最川堂は、息子たちにとっての親孝行から始まった事業であるという。

結果は追加の野菜や豆腐をどぼどぼと鍋に流し込んだ。

「私はね。久子さんの紹介で、この会社にアルバイトとして入ったの」

そういえば、誰かから聞いたことがある。菅原取締役はもともとアルバイト社員であると。はじめは化粧品の訪問販売員だった。その後は強烈なキャラクターと実力を持って、ぐんぐん出世していったと。

「女版豊臣秀吉《とよとみひでよし》ってよく言われたわ。……昔の私からは考えられないくらい、仕事に打ち込んだ」

「昔の菅原専務って、どんな方だったんですか？」

詩央の言葉に、結果は懐かしむようにしてはにかんだ。こうすると、彼女もごく普通の女性だった。営業部という独裁国家でひとり玉座に座る、気難しい女帝。そのような仮面が少しだけはがれた気がした。

結果は、少しずつ、かみしめるようにして話し始めた。

「私、短大を卒業してからすぐに結婚したの。今ではそんなことないと思うけど、昔は結婚してお嫁さんになることが女のスタンダードだった。男女雇用機会均等法が打ち出されてずいぶん経っていたけど、結婚に対するプレッシャーっていうのは、女には平等に降り注いでいたわ。女はクリスマスケーキとかよく言われたわね。私は売れ残りになる前に買い手が決まって、心底ほっとしていた。離婚するまではね」

なぜ離婚したんですか、と聞かないことにした。彼女が話したいのはそこではない気がしたのだ。

「離婚された後は、どうされたんですか」

「とにかく働かなくちゃって思った。娘もまだ小さかったし。元旦那《もとだんな》は養育費を払わなかったりしていたし……私も意地になっていて、実家に帰らず東京でやってみようと思っていたの。離婚して子連れで田舎《いなか》に戻ったら、親もいい顔しないし、ご近所からなんて言われるかわからない。東京なら、一発逆転のチャンスが必ずあるはずだって」

結果は焼酎をおかわりし、己の顔をグラスにうつしとった。

「ま、今日は特別サービス。あんた、お地蔵さんって呼ばれてるんでしょ。じゃあ道すがらと思って、私の話も聞いていきなさいよ」

赤く艶《つや》めくくちびるをゆるめて、結果は語りはじめた。

当時の結果に、働き口はなかなか見つからなかったという。ろくな職務経験もなく、たったひとりで小さな子どもを抱える女を受け入れてくれるまともな場所は、東京中を探したがどこにもなかった。

スーパーのレジ打ちのパートですら履歴書《りれきしょ》を返送され、結果は行き場を失った。子育てと節約に疲れ果て、もうハローワークに行く体力もなかった。結果は昼下がりの公園で、ぼうっとしていた。砂場に足をつっこむ我が子の無邪気な笑顔を、おそらく自分は守れないのだろうと思った。

喉《のど》が渇《かわ》いて、娘はジュースを欲しがった。けれどわずかな小銭すらなかった。

結果は、後悔《こうかい》した。結婚したことでも、子どもを生んだことでもない。自分が力を持たなかったことを、なによりも後悔したのだった。

ただ流されるように大人になり、稼《かせ》ぐすべなんて学んでこなかった。それに対して疑問を持つこともなく……なんて能天気だったんだろう。

私はしくじった。両親や、夫や、世の中……他人の作った階段を、なんの疑いもなく踏みしめてしまった。こんなにあっけなく崩壊するなんて想像だにしていなかった。

後悔の渦《うず》の中に己を放り込み、結果は悲嘆《ひたん》にくれていた。

ベンチに座り、すりきれた靴《くつ》の先っぽをながめていると、人影がぼんやりと現れた。

『あなた、しっかりなさい。母親でしょう』

彼女ははっと顔を上げた。

日傘を差した老婦人が、娘の手を引いていた。

『この子、遠くへ行こうとしていたよ。私が止めましたからね』

『す、すみません。私……』

結果の顔が、普通のそれではなかったのかもしれない。眉《まゆ》を寄せ、老婦人は言った。

『お母さん、どうしたの。疲れていそうね』

彼女はゆっくりと腰かけ、結果の背をあやすように叩いた。

『話くらいなら、聞くわよ』

なにげない彼女の一言が、ふっと温かい風のように、心の内をなで上げていった。

その言葉は親切心だったのか、好奇心だったのか。

だがそのとき、結果の心の均衡があっというまに崩れ落ちた。見知らぬ人の前で、彼女はみっともなく泣いた。これから娘をどうやって育てていけばいいのかわからないこと、今までの愚かな自分に憤《いきどお》っていること、そして職の決まらない不安を愚痴まみれに、吐き出すだけ吐き出した。

夫人は聞くのがうまかった。ただそこに座り、日傘の下で穏やかに傾聴《けいちょう》した。話の腰もおらないし、お説教も、耳にタコができるようなお決まりのアドバイスもしなかった。

彼女はきれいにアイロンのかかったハンカチを取り出し、結果に握らせた。

「すっきりしないといつまでも進めないものよ。自分の人生は、自分が納得しないとね。これからは一歩一歩、今の地点からやっていくしかないわよ。自分の気持ちが決まっていれば、まだ少しでも進めるわ」

夫人はくるりと日傘を回す。世界は暗転し、また光が差した。

今は闇の中を歩くようにおぼつかなくとも、歩き続ければ、やがて光は見える。

そう言われているような気がした。

揺れる傘の影を見下ろし、結果は決意した。

自分を哀れんで泣くのは、今日を最後にすると。

私は菅原結果。この世に生まれたからには必ず結果を残せと、祖父につけられた名を持つ女だ。私はその結果を、二十代の内に結婚して母親になることだと信じて疑っていなかった。

だが今はどうだ。真っ昼間の公園で、自動販売機のジュースを買う金すらなく、みっともなく泣くだけの「結果」など、私にはふさわしくない。

のし上がってやる。証明してやる。その他大勢の世間の女よりも成功し、見上げられる存在になってやる。私の踏む階段は石のようにかたく、誰よりも高い頂《いただき》へ続くのだと——。

『働き口を紹介することはできます。まずはそこでやってみたら。溺《おぼ》れる者なら、藁《わら》でもなんでもつかみなさい』

その人は、最川久子。若い時分に夫を亡くし、女手ひとつでふたりの息子を育て上げた人であった。

「それが、私と久子さんの出会い」

始めたのは、アルバイトの販売員だった。とはいっても、冷暖房の完備された小ぎれいなデパートで働くのではなく、個人経営のエステや小さなホテル、町の化粧品屋から介護施設、はてにはキャバレーまで、自分の足でまわる訪問販売員である。最川堂は大企業になってからもめずらしく従来の訪問販売スタイルを維持しており、正規の販売員に登録すれば在庫を預かって売ることができた。

大手のデパートに商品を卸《おろ》し始めたとき、トラブルになりやすい訪問販売スタイルを撤廃しようとする流れが起きたらしい。これに反対したのは久子であった。子育てや介護で忙しい女性が、わずかな隙間《すきま》をぬって働けるようにと、彼女のアドバイスで残された販売部門であった。

大きな企業に育ったからこそ、社会に貢献しなくてはならない。働きたくとも働けない女性たちの受け皿に、最川堂はなるべきです、と久子は言ったという。

「ああ、だから訪問販売部門がまだあるんですね」

百貨店や商業施設、ドラッグストアを中心とした化粧品販売部である第一営業課。健康食品の販売部門である第二営業課。

そして、個人向けの訪問販売部門の第三営業課。営業部は、この三つの部門に派生する。

「お年寄りや身体《からだ》の不自由なお客さまは、出かけなくても化粧品を届けてもらえるから、顧客《こきゃく》側にもメリットがあって重宝《ちょうほう》されているのよ。訪問販売の顧客は十年以上のエンドユーザーになるパターンがほとんど。だから販売員は、なにをもっても信頼にこたえる情熱が求められた」

最川堂のメインライン、化粧水からナイトクリームまでの一式を詰め込んで、結果はどこまでも歩いて回った。娘を保育園に預けている時間はパンプスがすり減るまでめいっぱい働き、娘が寝入ってからは、顧客に挨拶《あいさつ》のはがきを書き続けた。キャバレーのキャストから、肌荒れ用のクリームがほしいと電話がかかってくれば、真夜中でも届けにいった。

そうして手が回らないときは、なんと久子が娘を預かってくれた。彼女の自宅は出会ったときのあの公園のすぐそばにあり、近所のアパートに住んでいた結果はたびたび世話になった。

自分に意外と営業の才能があったと気がついたときには、すでに結果は正社員となり、東京都下の売上げを過去最高にまで押し上げたときだった。

「久子さんは、最川堂のメインラインを大事に使っていたわ。社長が久子さんのために開発した商品であることはもちろんだけれど、これが私たち従業員の生活を支えているんだとわかっていた。私をいっぱしの企業人に、そして母親にしてくれたのも、メインラインあってこそよ。——うちの娘は無事に大学を卒業して、今は香港《ホンコン》で働いている」

女手ひとつで、結果は娘を育て上げたのだった。

「久子さんも私も、化粧水《けしょうすい》の一滴ですら無駄遣いしたことない。肌も心も、どんなときでも優しくしみこんでくれる、それが最川堂のメインラインシリーズなのよ。まるで久子さんそのもの」

「菅原専務……」

——見てみたかったな。当時の最川堂を。

結果の快進撃、はたから見ていればさぞ気持ちよかったことだろう。

営業部の女性管理職は、今でも結果だけだ。彼女には恐ろしいところもあるが、同時に清々しいかっこよさもある。

若かりし結果に想いを馳《は》せ、じんとしながら話を聞いていたが、やがて結果は歯を食いしばりはじめた。

「それを、あの中国のジャリがよぉ……」

「ひッ」

「勝手に星座シリーズだのなんだの手を加えやがって。こっちは営業だから仕方なく売ったけどなぁ、あんなペラッペラの玩具《おもちゃ》みたいなパッケージじゃ会社の品格が損《そこ》なわれるだろッ。そんなに星が好きなら、私がお前を星にしてやるってんだよッ、クソ座だよテメェはよぉッ」

「あー結果さん、飲み過ぎですね！　外行きましょう、外っ！」

ふらふらの結果を支え、悠馬が立ち上がる。ふたりを通すためにみなが引き潮のように道を空《あ》けた。

注文を取りに来た女性店員が、困惑気味でたずねる。

「あの……締めはちゃんぽんか雑炊《ぞうすい》か選べるんですけど……」

果たして締めができあがるころに結果は回復するのだろうか。

あっけにとられていると、駒沢朱里が畳《たたみ》の上を這《は》いずるようにしてやってきた。

「さすが愚痴《ぐち》聞き地蔵！　菅原専務の愚痴まで聞いちゃうなんて、すごいですねぇ。あ、ちゃんぽんと雑炊一種類ずつおねがいしまーす」

愚痴と言うよりは、ほぼ思い出話と悪態ではあったが。

店員が締めの用意をするのを見守りながら、詩央は朱里にたずねる。

「あの、菅原専務は大丈夫なんでしょうか」

「大丈夫ですよぉ。久子の感動ヒストリー、結構何度もしゃべってますからぁ。でも他部署の人に語るのはこれが初でした。あれが出るときは相当腹にすえかねることがあったときですねぇ。品格がどうとか言いながらクソって言っちゃってるし」

腹に据えかねること……やはり、あの営業会議のできごとか。

歯を食いしばってのしあがってきた結果は、最川堂になみなみならぬ思い入れがある。唐から営業が何の努力もしていないと取られかねないような口ぶりでバカにされ、許せなかったのだろう。

こうして彼女の話を聞いてみると、激高した理由もわかる気がする。

しかし、唐のやり方が百パーセント間違っているかというと、そうではないだろう。彼自身、口には気をつけなければならないところはある。だが星座シリーズのリリースで、最川堂のメインラインが若い世代に身近になった功績はたしかなのだ。

こういった変化を認めて、受け入れなければ軋轢《あつれき》が生まれる。
（ただ、その原因を作ってる人だって、仕事に対する経験やプライドがある。軋轢を生みたくて生んでるわけでもないんだよな……）

子どものころに見ていたアニメには、悪役がいて、そいつをやっつければ世界が平和になった。だが大人の世界は複雑だ。ぶつかりあう主張のそれぞれが正しいところがあり、落としどころが見つからず、結局その人の持つ役職や所属する部署の力——派閥《はばつ》の力が決め手になることもある。

今までは、おおむね結果の言うことが通ってきた。

唐の開発した商品がまだ秘匿《ひとく》されたままなのは、きっと彼の事情——養子縁組が絡んでいる。派閥の力で商品を押しつぶされないようにするために、藤十郎を巻き込んでいるのかもしれない。

「みんな……最川堂のために一生懸命働いているだけなのに、なんでうまくいかないんだろうね」

彼らは最川堂を愛し、自分の実力を信じている。

密命を受け、養子たちを探るたびに、詩央は己に疑問を抱くことになる。

それに比べて自分はどうだと。特別賞与に目がくらんで、なりゆきでこうなったものの、誰よりも未来をおそれている。仕事にふりまわされているだけだ。

「よしてくださいよぉ、地蔵さんまで愚痴ったら誰がそれ聞くんですかぁ」

朱里は詩央の肩をばんと叩く。君はきいてくれないのかよ、と彼女は小さくつぶやいた。

*

「あーっ、地蔵ちゃん！　ごめんなさい！」

帰り道、とぼとぼと駅までの道のりをたどっていると、七星悠馬に呼び止められた。

「今日大変だったよね。なんか誘っちゃってごめん。飲み会があればみんな会議の憂《う》さも晴れるかなって思ったんだけど」

「まあ、貴重なお話は聞かせてもらいましたので……」

千鳥足《ちどりあし》の結果をなんとかタクシーに押し込んだせいか、彼の顔には若干《じゃっかん》の疲労が見られる。

「いつも、飲み過ぎちゃうんですか。結果さんって」

悠馬の口癖《くちぐせ》で「結果さん」がうつってしまっている。詩央はあわてて「……菅原専務って」と言い直した。

「最近はちょっとね。お酒入ると、ああなっちゃう。お子さんも海外に行っちゃって、家帰ったらひとりでしょ。頼りにしていた久子さんも亡くなった。でもたまには潰れるくらい飲んだっていいんじゃないの。愚痴言える人もいないんじゃ、まいっちゃうからね」

　急に巻き込んで騒いだ詫《わ》びもかねてか、悠馬は自動販売機でコーヒーを買ってくれた。缶コーヒーは火傷《やけど》しそうなほどに熱くて、詩央はハンドタオルでそれをひとくるみする。

　そして、そもそもこの飲み会に参加することにした、真の目的を思い出したのである。

「あの、ちょっと確認したいことがあるんですけど」

　そこまで言葉にして、彼女は後悔《こうかい》した。こういったことは改まって聞くことでもない。「七星主任って、人の手柄を取るタイプですか?」なんて聞けるはずもないではないか。

「いや、やっぱりなんでもないです……はい」

　プルタブをあけて、コーヒーに口をつける。悠馬も同じようにしながら、彼女の顔をのぞきこんだ。

「えっ、何!?　そこまで言いかけて」

「いや、ちょっと聞きづらいことだったので……」

「あ、俺が結果さんと付き合ってるかどうかって話!?」

　詩央はせき込み、コーヒーをむせた。

「おい、大丈夫かよ」

悠馬に背中を叩かれ、詩央はどうにか呼吸を落ち着けて、だ、大丈夫ですとしぼりだすのが精一杯であった。

彼はさらっと言う。

「みんなに聞かれるけど、付き合ってないよ。結果さんってうちの母さんに似ててほっとけないんだよね。うちも片親でさ、母さんすごい頑張って俺のこと育ててくれたから」

「そ、そうなんですね」

しかし今は最川藤十郎という父親がいるはずである――と思ったが、口にはしなかった。

「結果さんにははじめ、この会社に入るときに、インターンで世話になったんだ。俺は特別なスキルとか何もないし、正直採用される自信もなくて。結構悩んでたんだよね、俺。そのときに結果さんに言われたんだよ。何もないなら、せめて自分の名前に責任を持てるようになりなさいって」

なんでもでしゃばれ。実力は後から追いついてくる。怖がって後ろに下がっているだけでは身につくものも身につかない。無理にでも名前を残せ、そして当事者意識を持て。

結果の教えは、今も悠馬の中に息づいているという。

「でも、最初は緊張しますよね。インターンのときなら特に……」

「そう。だから自分が何かをするときは結果さんやサポートに入ってくれた上司が名前を添えておいてくれたんだよ。そのおかげで安心して仕事に取り組めた。無事に入社できて、売上高の大きい関東エリア担当になったとき、俺も後輩に同じようにできたらって……」

——もしかして。

詩央は、うかがうようにしてたずねた。

「あの……アンケートを連名にしたのって、そういうことですか」

朝井詩央の隣に、七星悠馬。

巻き込み型の社員——悪くとるなら、成果をかすめとると、とられかねない仕事のやり方の答えは。

「ずるいって思った？」

「いや、あの……ちょっぴり……はい」

正直に答えると、悠馬は笑った。

「そうだよね。ごめん。こういうの先輩から注意されたこともあるんだけど、あのときは結果さん怒ってたし、こうするのが一番ダメージが少ないかと思って」

たしかに悠馬の名前を連ねることによって、結果からの攻撃の手は止んでいた。営業部も一緒にやるならと、他部署もアンケートに協力的であった。

「俺って特別なことマジで何もできないんだよ。周りの人の方がずっと仕事できるし。正直、その自覚はある。陰口を叩かれてるのも知ってる。でも何もできないんだから、いつでも機嫌良くして空気をあったかくして、そして何かあったときの責任くらいは持ちたい。特に最近は結果さんが色々悩んでるみたいで、他の社員も当たり散らされることが多くて。ひとりで怒られるより、俺が一緒に怒られてれば、新人も気分がましかなって」

……たぶん、その気持ち、盛大に誤解されてると思います。

言うべきか悩んでいる詩央をよそに、悠馬はコーヒーを飲み干して、さっぱりと言った。

「あっ、駅ついたね。じゃあ地蔵ちゃん、お疲れ様！　気をつけて帰ってね。夜遅いし、無事帰れたら駒ちゃんに連絡してね。彼女心配してたから、地蔵ちゃんが結果さんの席の真ん前になっちゃって。明日もよろしく！」

悠馬は路線が違うようで、すたすたと歩いていく。

詩央はかばんを肩にかけなおし、改札に定期入れをタッチした。

あの七星悠馬にも、自分に自信を持てずにおどおどしていた時代があったという。だが今は営業部のエースである。本人は能天気に見えるが、それでいて周囲のことをよく見ているからこその抜擢《ばってき》だろう。彼がいるのといないのとでは、営業部の空気は段違いである。

名前を残すのは、最後には泥をかぶるつもりで、あえてピエロを買って出ているということか。

それをずるいと見るか、好意的に見るかは、この会社における立場によるのかもしれない。

兵藤のようにコミュニケーションの辣腕《らつわん》でも、唐のように実力派でもない。だが悠馬は、ある種のしなやかさがある。自分の特性を自覚した上で、営業部という会社の心臓が止まらないよう、注意深く周囲を見張っているのだ。

もうすぐ来年だ。最川藤十郎との約束のタイムリミットは、刻々と迫っている。

すべりこんできた地下鉄に乗り込み、真っ暗なガラス窓に自分の顔を映し出す。

――七星主任の意図はわかったけれど、これでまた養子の件、振り出しに戻ったかも。

今日の様子を見るに、彼に悪意がないのは、じゅうぶんによくわかった。少なくとも詩央はそう判断した。

結果的になにも変わっていないのだが、不安の霧はひとつ晴れたのだ。ひとまず、今日のところはよしとする。

くたびれきって居眠りをするサラリーマンの足につまずきそうになりながら、詩央は乗換え駅で下車した。

第五章　養子たちの大ピンチ

か。

総務部の電話が、けたたましく鳴り響いた。

またトイレの詰まりか、それともアルコール消毒剤が切れたか、観葉植物が枯れているか。

はてさてどれだろうと思い受話器をあげると、人事部の新多《あらた》専務だった。

「来週に予定されている、唐《とう》係長の中国出張の航空券をキャンセルしてもらえないか」

切羽《せっぱ》詰まった口調である。

「えっ？　唐係長からは何も連絡をいただいていないですけど」

念のためメールボックスやチャット画面を確認する。唐飛龍《ひりゅう》の名はどこにもない。もともと総務部とは接点の少ない社員なのだ。

出張のキャンセルは取り違いをさけるため、本人からの申請でのみ受け付けている。

「キャンセルならば本人からの申請がないと、受付できません」

「非常事態なんだよ」

新多専務は声を低くする。

「そう言われましても」

「君じゃ話にならない。不破《ふわ》部長に替わってもらえないか」

暢気《のんき》に黒糖まんじゅうを口に含んでいる不破部長に電話をつなぐと、彼は神妙な顔をして新多専務の話を聞いていた。

「いえ……そんなことってありますかねぇ……はあ……ともかく、中国出張はキャンセルすればいいいんですかね……社長の許可ってとってあります？」

「何かあったのかしらねえ」

米村《よねむら》さんが不思議な顔をしていると、また電話が鳴った。彼女が勢いのままに受話器をとると、眉《まゆ》を寄せる。

「ええ？　防犯カメラの映像ですか？　埼玉のコールセンターの？　どこの警備会社にお願いしてたかしら……ちょっと待ってくださいね」

なにやらこちらも不穏な雰囲気《ふんいき》になってきた。いつでも電話を替われる態勢でいようと、詩央《しおう》はミネラルウォーターを飲み干し身構える。警備会社はめったに乗り換えないため、前任者が作ったフォルダが、共有パソコンの中でさび付いているはずだ。

一覧ファイルを探そうと席を立つと、詩央を呼び止める者がいた。

「すみません朝井《あさい》さん。朝礼前の時間は終わっているんですが……話を聞いてもらえませんか。緊急事態なんです」

そこには悠馬《ゆうま》の後輩、田畑賢人《たばたけんと》が立っていた。

詩央は総務部の隣に位置する小会議室を押さえた。後回しにしてもらってもよかったが、田畑の顔は真っ青で、目には涙が浮かんでいる。

「田畑さん、大丈夫ですか。気分が悪いんじゃ……」

詩央の言葉をさえぎるように、彼は言った。

「突然すみません。朝井さんなら、どんな話も聞いてくれるって……。駒沢《こまざわ》さんが話してるのを聞いて、いてもたってもいられなくて」

そう言うわりに、彼はなかなか核心を切り出せなかった。

詩央がカップに注いだ水を出してやると、彼はそれをいっきに飲み干し、ポケットからティッシュを取り出し盛大に鼻をかんだ。そうしてようやく、田畑はぼそぼそとしゃべりだした。

「や、やっちゃったんです僕。わざとじゃないんです。ただ自分の机だと、菅原《すがわら》専務の視線が怖くて、集中できなくて。ちょっと環境を変えた方がいいんじゃないかと思って」

「落ち着いてください。順序だてて、喋《しゃべ》ってくれれば大丈夫ですから」

「は、はい。関東エリアの顧客《こきゃく》のデータをまとめておくように、菅原専務から言われたんです。七星《ななほし》主任が僕の代わりにメイクジャパン・フェスの仕事を全部やってくれたので……。星座シリーズの通販を利用した顧客様に、メールで限定コフレの追加販売の呼びかけをするために、そ、それで」

結果《けっか》と田畑は相性が悪く、田畑自身も粗忽《そこつ》なことが多かったため、たびたび注意を受けていた。最近ではメイクジャパン・フェスの段取りの悪さに、結果はあきれて彼から仕事を取り上げている。

ムードメーカーの悠馬が職場にいるときはその攻撃の手は緩《ゆる》んでいたものの、昨日はちょうど彼が外回りに出ており、部内の空気は凍り付いていたという。

耐えきれなかった彼はコーヒーチェーン店にパソコンを持ち込み、ダイレクトメールを作っていた。

「顧客情報の入っているパソコンの持ち出しは、推奨《すいしょう》されてない行為ですけど……」

「どうしても、どうしても耐えられなかったんですぅ」

それならば会議室を借りてくれればいいのにと思ったが、外に出ることが気分転換だったのだろう。田畑はたびたび近くの喫茶店で仕事をすることがあったそうだ。

ある程度仕上がって、パソコンを自社に持ち帰ったところ、気がついたという。

「USBがないんです。顧客のデータが入っていた……」

「ええっ。チームスにアップロードしたファイルを使ってたわけじゃないんですか？」

「顧客リストはメール配信すべてが終わってから、最終データをチームスにアップするつもりだったんです……」

中途半端なファイルをアップロードすれば、結果が怒ると思い、彼はぎりぎりまで個人用のノートパソコンで作業していたという。大事な顧客データはわずか五センチのUSBメモリの中に押し込まれていた。

「探しても、探してもどこにもなくて。コーヒーショップに問い合わせても忘れ物はないって言われて……でも、会社を出るときに確認したときはちゃんとあったんです。そのまま外回りに行ったので、どこかに落としてきたのかもしれない……ど、どうしましょう。こんなこと菅原専務に言い出せない」

言い出せないなんて言ってる場合ではない。本当に緊急事態ではないか。

詩央は、頭の中でみずからが管理しているエクセルファイルをスクロールしていた。とりあえず、情報漏洩《ろうえい》保険には加入していて、最近更新手続きをかけたはずである。

「七星主任に報告しましたか？　そのダイレクトメール、連名で出すんですよね」

田畑は、なぜそんなことを知っているのかという顔をしたが、彼ならば必ず自分の名前を添えているはずだと思ったのだ。

「は……はい。でも七星主任は、今営業先の神奈川のデパートをまわっていて」

「社用携帯に、今電話をかけてみてください。私は万一のときのための保険の要綱《ようこう》をもう一度確認してきます。どのみちUSBの紛失は隠し通せません。悪用されていないことを祈りましょう」

　悪用という言葉に、田畑の瞳はうるむ。

「僕……もう何度も七星主任に謝罪させてしまってるんです。メイクジャパン・フェスの担当者にも、その前にやっていた栃木県の担当エリアのイベントでもポカして。『田畑は危なっかしいから俺の名前書いとけよ』って言われて……表沙汰《おもてざた》になる前に、七星主任が全部責任とってくれたんです。でも今回ばかりは主任も背負いきれないと思います」

　笑顔で泥をかぶる悠馬の顔が浮かび、眉間《みけん》を押さえる。こうしているうちにも情報が流出し、取り返しがつかなくなるかもしれない。

「い、言えないです。とても言えない」

「わかりました。私から七星主任に、緊急の要件で本社に戻ってきてほしいとお伝えします。それまでに気持ちを整えられますか？」

「……」

「私、七星主任に話す時、一緒にいましょうか」

　さすがに、女性社員に付き添われないと報告できないという自分を想像して、我に返ったらしい。蚊の鳴くような声で、田畑は「がんばってみます」とつぶやいた。

田畑に会議室をしばらく貸し出し、詩央は自席に戻って社用携帯の番号一覧を手に取ると、悠馬に電話をかけた。

受話器の向こうの悠馬は思ったよりも落ち着いていた。遠くから、デパートの催事アナウンスが聞こえてくる。

「事情は改めて、田畑さんから報告があると思います」

「わかった。申し訳ないけど、地蔵《じぞう》ちゃんから不破部長に報告するの少し待ってもらえるかな。俺から結果さんに報告して、その後関係部署に伝達する形が筋だと思うんだ」

情報漏洩事件がよその部署から耳に入ったら、結果は余計な怒りを燃やすであろう。

「わかりました。いつまで待てば？」

保険会社に連絡をとり、コールセンターに伝達して対応を練《ね》り、宣伝課に連絡してホームページやメールリストの顧客様に情報漏洩についてのお詫《わ》びを発信する。どこまで総務部が介入することになるかはわからないが、営業部から依頼があればやることは山ほどある。

「夕方ごろには」

「大丈夫です。……あの、私にできることがあれば言ってください、社内のことならできるだけ動きます」

総務がやれることは、あくまで社内の対応である。顧客様とのやりとりで矢面《やおもて》に立つのは、営業部やコールセンター、販売員などの接客部門。むしろこちらの対応に手を焼くことになるだろう。経緯を正直に説明すれば、ＳＮＳでの炎上もやむなしだ。

「ごめんね。俺たちの部署が心配かけて」

「いえ、そんな……」

「俺が頭下げてすむならなんでもするけど、それでお客さんの心配がきれいさっぱり消えるかっていうと、そうじゃないわけよ」

はい、と詩央は相づちを打った。

一度流れてしまった情報を、消してしまうことはできないのだ。

「どんなに悔《く》やんでも過去のできごとをなかったことにはできない。でも、こういうトラブルは、起こるべくして起こったのかもしれない。それだけ自分たちがぎりぎりのところでやってきていた、それに気がつかなかったってことだから。田畑もさ、結果さんと同じ空間にいるのが苦痛で、外に仕事持ちだしちゃったんでしょ」

聞かなくてもわかるよ、と悠馬は力なく笑った。

「七星主任」

「後輩が安心できる場所を作れなかった、俺の責任。逃げも隠れもしない。怖がって下がってるだけじゃ、身につくものも身につかない。己の身は、とことん出すよ」

いつか結果に言われたという言葉をくりかえし、悠馬は通話を終えた。

受話器を置き、顔を上げる。不破部長は離席し、不在ボタンを押し忘れた社内電話がりんりんと鳴り続けている。米村さんはそれを取り上げ、慌てた様子で警備会社とやりとりをしていた。そういえば席を外す前から雲行きが怪しかったことを詩央は思い出した。

「大丈夫ですか」

詩央がたずねると、米村さんは深刻そうな口ぶりになる。

「なんかねぇ、コールセンターに脅迫《きようはく》の電話がかかってきてるんですって。うちの対応がまずかったみたいで……。スティックコラーゲンを誤飲して子どもがアレルギー反応が出たっていう親御さんらしいんだけど、保障はないって言ったら、コールセンターを営業できなくさせてやるって騒ぎ出して」

営業会議で話題に上った件である。

「それって警察案件なんじゃないんですか」

「そう、通報するか上に相談したら、騒ぎを大きくしたくないっていう謎のストップがかかったそうなの」

「そのストップって、だれが？」

「わからないそうなのよぉ。慣れてないアルバイトの子に、誰かが指示だしたみたいなんだけど」

　コールセンターでは、本社からの入電を、入社まもないアルバイトスタッフが取る。失敗しても身内でカバーできる内線電話から応対に慣れてもらうためだが、かえって内線の方がややこしい案件を食らうこともある。

　横柄《おうへい》な社員は名乗らずに、用件だけを伝えるのもめずらしくない。折り返ししようとしたが、該当《がいとう》する内線番号はないという。指示を出した者は、会議室のどこかからかけてきたようだ。スタッフが困惑している間に切れてしまったらしい。

　所長の兵藤《ひょうどう》はこれに困りはて、総務部に電話をかけてきたというのだ。念のため、監視カメラに不審者が映ってないかどうか確認したいと言う。

「うちの不破部長は？」

「唐係長が、中国のとある企業と繋《つな》がっていて、新商品のサンプルを横流しするんじゃないかっていうリークもあって、そっちの対応で不破部長もいなくなっちゃったのよ。だから指示系統を確認できる人が誰もいないのよ」

　それで出張航空券のキャンセル依頼がきたのか……。

（田畑さんの情報漏洩の件といい、養子三人が全員トラブルに巻き込まれてる。これって偶然なの？）

詩央はくちびるをかんだ。

ひとまず優先するべきは社員の安全である。防犯カメラの映像を確認するには現地へ行かなければならない。

米村さんを電話番として残し、詩央は取るものも取りあえず会社を飛びだした。コールセンターに電話をかけると、おびえた様子の社員、今井《いまい》淳子《じゅんこ》が出た。

「驚かせてすみません。本社総務部朝井です」

「朝井さんでよかった。朝からずっと嫌がらせの電話が鳴り止まなくて」

「兵藤センター長にかわれますか。私、コールセンターに向かってます。迎えの車は出さなくて結構なので、兵藤さんだけでも待機していただけますか」

「朝井さんひとり？　危ないかもしれないわよ」

そうは言っても、不審者が来るかもしれないと怯《おび》えて詰めているスタッフとて怖いはずである。近年、逆恨みで暴力をふるう犯罪者が、たびたび世間を騒がせている。何がきっかけで事件に巻き込まれるか分からない。

電話を交代し、兵藤が話し始めた。例の低く、ゆっくりとした声である。慌てた様子は一切見受けられなかった。

「本来僕の立場で権限はないのですが、明るいうちに社員を帰宅させることにしました」

「……わかりました」

大企業になればなるほど、個人の裁量は剝奪《はくだつ》される。人事にかかわる件は特にである。細かいことでも、例外的な措置は管理部門の許可がなければ執《と》り行うことはできない。この決まりを試行したのは新多専務だ。破れば必ずとがめられる。

なにかあったときの切り札を兵藤は使う気である。最川藤十郎《さいかわとうじゅうろう》の息子というカードだ。

「これは僕の落ち度です。顧客《こきゃく》を納得させることができなかった。逆上させ、手をつけられなくさせました。朝井さんも、本社に戻ってください。警備会社とのやりとりは僕がしましょう。誰の指示でストップがかかっているかは分かりませんが、警察にも通報します」

「そういうことなら、私が立ち会います。警備会社と定期的に連絡を取り合っているのは私です」

正直なところ、不審者がコールセンターを狙っているのは怖かった。いたずらの可能性は高くても、万が一のこともある。

「僕が」

兵藤は言葉を切った。

「僕が、コールセンターを守らなくてはいけません」

彼は、自分に言い聞かせるような口ぶりになった。

「この十年。コールセンターのスタッフは、本社勤務になることが栄転とされてきました。めでたく正社員登用されれば、次の目標は本社。そしてこの、苦情と面倒ごとだらけ、コール音が鳴り止まないやかましい職場を抜け出し、最川堂のひときわ大きなオフィスで働くことが、現地採用のスタッフの憧れだったのです」

「兵藤センター長」

「コールセンターで働く人の目標が、コールセンターを去ることである。そのために電話を取り、理不尽な要求に相対する。僕は長らく、その事実に疑問を持っていました。現場で働く営業職が花形《はながた》なら、顧客の声を聞く我々も花形でいいはずです。そういう風に、会社を変えていきたかった。そのために、手段を選ばないと決めたのです」

電話口の向こうで兵藤は、水面を揺らすような、かすかな息をした。

「コールセンターを守れなければ、僕が働くことに意味はない。しかし、僕の意地に他のスタッフを巻き込むわけにはいきません。朝井さんは本社で待機してください」

「兵藤センター長ひとりの責任ではありません。悪いのは、脅《おど》しをかけている方です。本当にうちに非があるというのなら、相手も卑怯《ひきょう》な行いなどせず、まっとうな手段を取るべきです」

自分でも、驚くほどしっかりとした声が出る。

複雑な思惑で動いているかのように見えた兵藤だが、先ほどの彼の言葉は、真実そのものであるかのように思えた。彼が最川藤十郎の息子となった、その理由が垣間《かいま》見えた気がした。

「必ず、そちらに行きます。コールセンターが営業できなくなれば、お客さまはもちろん、私たち本社スタッフもとても困ります。総務部は、社員のサービス部門です。私にも仕事をさせてください」

詩央の歩幅は大きくなり、電車に勢いよく飛び乗っていた。電話を切って、息をつく。入間《いるま》市まではあと四十分ほど。この時間がもどかしい。

少し前までは、コールセンターは活気があった。みなが兵藤を頼りにし、ひとつになっていた。茶目っけのある今井さんが、笑顔で電話をとっていたのに。

どうか全員無事でいて——……。

詩央は祈るように、連絡用の社用スマホを握りしめた。

先に警備会社の事務所へ行き、監視カメラを確認させてもらった。社屋の入り口付近と駐車場に取り付けられたカメラに映っているのは、スタッフの姿だけだ。

係の人に礼を言うと、詩央はタクシーを拾ってコールセンターへ向かった。駐車場には兵藤の軽自動車がぽつんと残されている。

「監視カメラに不審人物の姿はありませんでした」

出迎えた兵藤に報告すると、彼は「ありがとうございます」と言って、詩央に空《あ》いた席をすすめてくれた。電話はあいかわらず鳴っている。兵藤ひとりでは対応しきれないので、コールバックが百二十分待ちになっている。

「今、コールセンターの緊急営業停止のお知らせを出してほしいと依頼しているところです。営業部から発信していただきたいのですが、なかなかスタッフがつかまらなくて」

彼は難しい顔をしている。

「ああ」

おそらく、あちらもそれどころではないのだろう。今頃情報漏洩《ろうえい》の対応でてんてこまいのはずだ。先ほど、悠馬から本社に到着したと連絡があった。

「警察はこのあたりをパトロールしてくれているそうですが、はっきりとした被害が出ているわけではないので、これが限界でしょう。明日からの営業をどうするか悩みどころです」

「不破部長に、数日ほどコールセンターを閉めてもいいか聞いてみましょうか」

数日で解決するかはわからなかったが、時間が必要なことはたしかである。

耳障《みみざわ》りな電話の音が鳴り続ける。

さすがに神経をすり減らしたのか、兵藤は席につくと、ひとさし指で眉間を揉《も》んだ。

「……参ったな」

「兵藤センター長」

「斬り捨てようとしても、執念深く追いかけてくる者がいることを、思い知らされました。僕は未熟です。水際に立ち続けたまま、いざとなったらどんなことでも選び取ることができると思っていたのに」

兵藤は、これまでは仕事を楽しんでいたのだろう。巧みな話術で人の気持ちを揺さぶり、感情を変化させ、物事を丸くおさめる。そして有利に駒《こま》を進める。彼にとっては、己の手腕を試すのにコールセンターはうってつけだった。養子になったことで兵藤の勢いは増していた。しかし彼を模した駒は今、ぐらつく盤上に置かれている。

兵藤はすっと背筋を伸ばした。

「こうしていても仕方がありませんね。手をこまねいているだけでは、何も解決はしない。

せめてホームページの掲載と、メールリストに登録している顧客様には、電話がつながらないことをお知らせできないか、打診してみます」

兵藤が本社に電話をかけている間に、詩央は録音された嫌がらせ電話の音声を聞いていた。兵藤にお願いして、用意しておいてもらったものである。

興奮した男の声だった。受電記録では四歳の男の子の父親だというが、声の印象からすると もっと歳《とし》を重ねているように思える。顧客情報には「鈴木政則《すずきまさのり》」というよくある組み合わせの名前と、折り返し先の電話番号のみ。住所やクレジットカード番号等の詳細な登録はないので、通販や訪問販売のユーザーではないようだ。

（この声……どこかで……）

しかし、詩央はどこかで既視感《きしかん》をおぼえていた。

男は興奮すると少しかすれて、引きつるような声を出す。「うちの息子が、おたくの商品を食べちゃって、全身蕁麻疹《じんましん》が出て、呼吸困難にあって大変な目に遭《あ》ったんだよ」と、烈火のごとく怒鳴り散らしている。

はじめのオペレーターは今井で、『申し訳ございません、購入された商品を確認させてください』と、マニュアル通りの対応をしていた。詩央は眉間に皺《しわ》を寄せ、もう一度音声を再生した。

オペレーターは今井から兵藤に代わり、彼が心をときほぐそうとしているが、鈴木政則はかたくなだ。

「だから、どうしてくれるって言ってるんだよ。うちの子はアナフィラキシーで命の危機だったんだよ!?　おたくがまぎらわしいもの売っているのが悪いんでしょうが」

詩央は、とっさにストップボタンを押した。ヘッドセットをつけたまま放心する。電流が流れてきたかのように動けなくなった。

（まさか、そんなはずがない。でも）

しかし、何度聞いてもそうとしか思えない。音声データを落として自分のパソコンへ転送すると、詩央は荷物をまとめて立ち上がった。

「どうしました、朝井さん」

兵藤は心配そうに声をかける。

「すみません、兵藤センター長。私今から本社に戻ります。至急確かめなくてはならないことが」

「僕に言えないことですか」

兵藤は静かにたずねた。

「鈴木政則に、心当たりでも？」

「え……」

「メールで送られてきた蕁麻疹の写真はどこかの拾い画であることは分かっています。医者の診断書もない。なにより執拗《しつよう》すぎるんです。わずかばかりの保障を欲しがる人の態度じゃない。この電話をかけてきているのは、四歳児の父親の鈴木政則ではなく、最川堂に恨みを持っている人物ではないかと思っています。でも、私たちは普段本社と切り離されている。情報が少ないんです。社内の人間の困り事をきく仕事のあなたなら、なにかご存じかと」

「それは……」

おそらく、兵藤の読みは当たっている。

詩央が返答に詰まると、彼は無理強《むりじ》いせず引き下がった。

「確たるものが出てきたら、ご連絡ください」

兵藤の前で一礼し、詩央はもどかしい気持ちでコールセンターを後にした。

＊

本社に戻ったときはすでにとっぷりと暗くなり、二十時を過ぎていた。最川堂のオフィスビルの明かりはまばらである。エレベーターに乗り込み、詩央がボタンを押したのは総務部のある七階ではなく、人事部の位置する八階であった。

（新多専務に話をしなくちゃ。私の見立てでは、多分間違いない）

ざらざらとしたかすれた声。しゃべればしゃべるほど、酒でつぶれた喉《のど》でひりだすような声があらわになる。あれは間違いなく、物流部の木之内政治《きのうちせいじ》である。

彼に小さな子がいるという話は聞いたことがない。だが木之内が会社に嫌がらせをする動機はある。再雇用契約が認められず、彼は近々会社を去る。逆恨みによる犯行ではないだろうか。

人事部をのぞいたが、新多専務はいなかった。類子《るいこ》がパソコンをにらみながら、チョコレートの包み紙をもどかしそうにひらいている。

「どうしたの、こんなに遅くに」

「あの、新多専務はどちらに？」

「ああ……聞いてるでしょう？　唐の産業スパイ疑惑のこと。そっちに電話してたわよね？」

類子は声をひそめる。

その事件も大変気になるが、今は新多専務に一刻も早く報告し、対処を願わなくてはならない。

「まだその会議が終わってないのよ。どこかの会議室にいるんじゃない？　唐抜きでこそこそ話し合っちゃって、やな感じよね。疑わしいのなら本人に追及すればいいじゃない。あいつならきっちり自分の意見を表明するでしょうよ」

類子はずるをしたりひそかに企《たく》みをする社員が好きではない。唐と類子は少し似たところがあるのかもしれない――。

彼女なら、話せる範囲で答えてくれるかもしれないと思い、詩央はたずねた。

「あの。木之内さんの件って……詳しいことを、類子さんは何かご存じですか？」

「木之内？　物流部の木之内政治さん？」

「そうです」

彼女の顔に不審の色が広がった。なにかあったことは間違いないようである。

「飲み会で話した通りよ。勤務態度に問題があった。それで三月には定年退職予定。私はそれ以上のことは知らない。でも」

彼女は慎重に付け加えた。

「予定より、早く会社を辞めるそうよ。まるで逃げるみたいにね」

「そうですか……。ありがとうございました、会議室のぞいてみます」

「待って」

デスクの引き出しをあけて、類子は銀色の包み紙にくるまれた大ぶりのチョコレートを二粒くれた。

「何かあったら、今度は私が相談に乗るから。言ってね」

類子はそれだけ言うと、再びパソコンの画面に視線をうつした。

＊

会議室はもぬけの殻《から》だった。予約はあと三十分押さえてあるが、早めに終了したらしい。

(会議の招集者はみんな席に戻ってるらしいし、新多専務はどこで油を売っているんだろう)

冷たい風がふきこみ、詩央は身ぶるいをした。いつか彼女が会議を盗み見していた非常階段の扉が開いている。この時間に施錠《せじょう》しないはずがない。

扉に手をかけた詩央は、目をこらした。暗闇の中、誰かが身をかがめて電話をしている。

「もうコールセンターは営業停止に追い込んだ。誰かが実際に襲われたわけでもない、警察は動かないそうだ。音声ファイルは私の方で回収するから、安心していい。そのまま待機していろ。後々のことは私の裁量でどうにでもなる……大丈夫だ」

詩央は扉のそばに耳をつける。

「木之内くん、大丈夫だって。兵藤が勝手に動いたのは予想外だけど、コールセンターなんて流れ島みたいなものなんだよ。スタッフだってほとんどパートだし、本社の人間を把《は》握《あく》してるやつなんていないんだから。兵藤くらいのもんだよ。その兵藤も大きい会議がなければこっちには来ない。兵藤とまともに話したことないだろ？　心配しすぎなんだよ。うん、そうそう。ちゃんと退職金も出せるから。いいね」

電話を切って、振り返ったのは新多博文《ひろふみ》——詩央が探し回っていた、人事専務その人であった。

「……朝川さんでしたっけ」

「朝井です」

人事部なら名前くらい覚えていろよと思ったが、もう遅い。先ほどの会話を聞かなかったことにはできない。

新多専務は非常階段の扉を後ろ手にしめる。煌々《こうこう》と光る会議室の明かりが、不自然なほどにまぶしく感じる。

「いやあ、失礼した。こんなに遅くにどうしたんですか？　総務部は今忙しい時期ですかね」

「新多専務」

「ちょうどよかった。噂《うわさ》はかねがね、朝井さん。近いうちに話しはしようと思っていたんです。愚痴《ぐち》をきくのが上手《じょうず》なんだってね。社員からの評判がすごくいいんですよ。雑用ばかりの総務にしとくのはもったいない。どうだろう、そろそろ希望の部署に異動してみるというのは……」

笑顔を貼り付け、新多は何事もなかったかのようにふるまう。

「総務部になったとき、がっかりしたでしょう。悪いなとは思っていたんです。でも、これも社長の采配《さいはい》でね」

「社長の？」

「はい。朝井さんだけは絶対に総務部だって、入社前からそうおっしゃってたんですよ。それが気の毒でね。聞いていると思うけど、総務部で出世する社員ってそういないんですよ。うちの総務は、雑用ばかりでしょ。若手社員はやりがいを見いだせなくて、転職しちゃうんです。残ってるスタッフはパート社員だけ。不破部長はもともと部長枠《わく》で中途入社された方なので例外ですけどね。生え抜きの新人が配属する部署じゃないですよ」

生え抜きの新人。入社一年目から自分のことをそう思ったことなどない。

「でも私なら、朝井さんのキャリアプランに力添えできるかもしれません。どこがいいですか？　さすがに未経験で研究職は無理ですけど、たとえば宣伝課のような広報担当とか、営業事務なんかはどうですか？　営業会議に出てみたいでしょう」

取引をしようというのだ。

先ほどのことを聞かなかったことにできるのなら、希望の部署に配属させてやると。取締役のひとりで人事専務の新多なら、できないことはないだろう。社長の強い反対がないかぎりは押し通せる。

詩央は、はっきりと向き直った。

「総務部で十分です。いえ、総務部がいいです、私」

「朝井さん、よく考えてみなよ。このまま総務部だったら、もしかしたら主任にもなれないかもしれないよ。給与だって据え置き。そんなの嫌でしょう？」

今度はサラリーで釣るつもりである。

「それでも、構わないと思っています」

最川堂という船の船底に、穴を開けている犯人を今見つけたのだ。彼のおかげでコールセンターの職員はおびえ、兵藤はひとりで戦うことを余儀《よぎ》なくされた。唐のスパイ疑惑を持ちかけてきたのも新多だ。しかし、スパイをするには唐は『養子縁組』という大きなしがらみを持っている。性格的にも、二枚舌は使えないだろう。

このふたつの事件は、新多博文が糸を引いているに違いない。

(彼の言う通り、私はこのままだと出世できない。出世できないどころか、いつリストラされてもおかしくないって思ってた。今もそれは変わらない、でも)

詩央には秀でたところは何もない。たまたま入社できただけの落ちこぼれだ。

だが、落ちこぼれなりにこの会社のことを想ってる。愚痴をこぼす社員たちを、心の中で励《はげ》ましながら送り出してきた。

彼らの苦しみはそれぞれだったが、前を向いて歩き出す力が備わっていた。膝をつき合わせれば、みなが愉快な個性に満ちている。そういった個性が合わさって、最川堂という企業を作り出している。

密命のために社内中をかけずりまわって。会社にいれば、あちこちで驚くような事件があって、退屈しなかった。

毎日同じ仕事の繰り返しのように思えても、同じメンバーで、同じ時を過ごすことは二度とない。

詩央が思っていた以上に、会社とは、仕事とは、変化と面白さに満ちていたのである。

――個性と実力にかたどられた最川堂の社員。彼らを間近で見られることは、とても贅《ぜい》沢《たく》なことだと思うのだ。

不正な手段で出し抜いたりしたらそれができなくなる。詩央はとことん脇役で、とことん誰かを推す人生なのかもしれない。でも、今はそれが楽しい。大変だけれど、いつのまにか、楽しくなっていた。

しかし新多は残念ながら、そういった人種ではないのだろう。野心に満ちていて、自分が主役でなくては気が済まない。そして行動を起こした。社長が次の後継者を決めるのはもうすぐである。彼には時間がなかった。

（人事専務ならば養子縁組で三人の苗字《みようじ》が変わったことも知っているはず……社内の事情を知るごく一部のコアな人物、それに彼が無関係であるはずがない）

唐の産業スパイ疑惑、コールセンターの営業停止と兵藤の越権行為だけではない。営業部の情報流出が大事になれば、部全体の責任となる。悠馬だけでなく、その上司の結果もただではすまないであろう。

養子三人が問題を起こし、結果が失脚すれば、どうなるか。

次の最川堂の社長に任命されるのは、新多ではないのか。

だからこそ詩央に約束しようと言うのだろう。空《から》になった社長椅子《いす》に、彼は腰をおろす気でいる。

「先ほどの電話の相手、木之内さんですよね。私、よく愚痴を聞いていたのでわかります。コールセンターで音声を聞きました。音声データは私のパソコンに転送してあります」

新多は顔色を変える。

詩央は構わずに続けた。

「再雇用契約が認められなかった彼に、新多専務から取引を持ちかけたんじゃないですか。社内の重要人物を失脚させれば、新多専務が次の社長です。最川社長の引退後に、必ず再雇用すると」

「でたらめを」

「本来ならば、兵藤センター長は問題を本社に報告し、音声データを渡すはずです。社員の安全を確保するために、まずは人事部に知らせるでしょう。その時点でデータは人事部から門外不出になります。別の音声にすり替えてもいいし、社長に要請されなければ消してしまってもいいでしょう。警察沙汰《ざた》にしないように指示を出したのは、あなたですね」

証拠として音声データが外部に提出されたら厄介《やっかい》だ。新多は焦ったことだろう。だがイタズラ程度のことだと警察はこの件を近所のパトロールだけですませてしまった。

「唐係長にきなくさい噂をたてたのも、田畑社員からUSBを盗んだのも、あなたですか」

「人聞きが悪いですね。朝井くん、私に逆らわない方がいいですよ。あなた程度の社員、いかようにもできるんです。朝礼前に私用で会議室をおさえて密室にとじこめ、社員に嫌がらせをしていると報告することもできるんですよ」

愚痴聞きの時間をそのように悪質に置き換えるか。暖房はとっくに切れているのに、詩央の背中にはひとすじの汗が流れた。

「そんな」

「総務部の平社員と、取締役の私。あなたに勝ち目なんてないですよ」

詩央は駆けだした。一刻も早く、最川藤十郎に報告をしなくてはならない。

新多は危険だ。この会社にあるまじき存在であると。

「待て!!」

新多は鬼の形相《ぎようそう》で追いかけてくる。ガラス扉をすりぬけ、長い廊下《ろうか》を走り抜ける。エレベーターのボタンを押すと、運良くすらっと開いた。詩央がすべりこむと、そこには目を丸くした七星悠馬がいた。

「止めろ!! そのエレベーター、止めろ!!」

新多を無視して、悠馬は乱暴に閉めるボタンを押した。エレベーターは、社長室のある十五階に向かって、ゆっくりと昇ってゆく。

「こわっ。地蔵ちゃん、大丈夫だった?」

「なんで……?」

改めて見渡せば、エレベーターの中にいたのは悠馬だけではなかった。兵藤と唐もいる。養子全員がそろい踏みだ。

「閉めた方がいいかなと思って、閉めた」

悠馬は飄々《ひょうひょう》と言った。

新多専務は、取締役である。無視していいことがあるはずがない。

「だって、もう俺おもねる必要ないから」

「それって、どういう」

十五階に到着し、扉がひらく。詩央はどうしたらいいかわからず、三人の顔を見た。

「なんか知らないけど、新多専務に追われてるんでしょ。しばらく秘書課に隠れてなよ」

悠馬は秘書課の入り口に内側から鍵《かぎ》をかけた。これで新多が追いついたとしても、入室することは不可能だ。合鍵は総務部が管理しているが、今は部署に誰もいない。

「七星主任」

「朝井さん、先ほどはありがとうございました。コールセンターは営業時間を終了したので、閉めてきました。……犯人、わかったんですね?」

兵藤の言葉に、詩央はうなずいた。

「ありがとうございました。後は僕の仕事です」

ふたりは続々と社長室へ吸い込まれてゆく。唐は不機嫌そうに白衣の襟《えり》を正し、口を開いた。

「私の航空券のキャンセル、突っぱねたんだって?」

「え?」

そういえば、昼間に新多から電話がきたのだった。唐飛龍の中国出張を取りやめにすると――。本人からの申請でなければ、航空券はキャンセルはできない。たしかに詩央はそう言った。

「不破部長が『うちの朝井がルールを遵守《じゅんしゅ》しているのに、上司の私が破るわけにはまいりません』と言ったそうだ。おかげで予定通りのフライトだ。ひとまず礼を言っておく。次の商品には不可欠な出張だったんでね」

「唐係長。……産業スパイだなんて、ぜったいに嘘ですよね」

冷たく突き放すような男だが、彼は笑顔で粉飾《ふんしょく》し、人をたばかるようなまねはできないはずだ。結果とのやり合いを見ていれば、それが明らかである。

「そんなくだらないものを苦労してやるくらいなら、はじめからここには入社しない。私は最川堂の豊富な設備を使って、実力を試したかっただけだ。だが根を張りすぎた。もう潮時だ。ここの風土は合わん」

それだけ言うと、彼もガラス張りの社長室へ足を向ける。

最川藤十郎は、詩央の方へ向き直り、ガラス越しに手招きをする。

「彼女はすべての事情を知っている。同席してもらったほうがいいだろう」

藤十郎の言葉に、養子たちは驚きの表情を浮かべた。

「密命をくだしていたんだよ。君たちの周りをかぎまわっていた。どうだ、探られて痛い腹はあったかな?」

「ありませんね」

唐はまっすぐに答えた。

「密命って……俺たちの誰が次の社長にふさわしいかって話ですか?」

「一般社員に判断させるって思いつきが、社長らしいですね……」

悠馬と兵藤は互いにうなずきあっている。

「地蔵ちゃん、油断できない子だったんだね、君」

「いや、そういうわけには……そういうことになるのかな……?」

「はは、恐ろしいですね。なんと報告されているのやら」

一番恐ろしいのはあなたですけど——……と言いたげに、詩央は兵藤の顔を盗み見た。

悠馬はからっと言う。

「社長には初めから伝えてますが、俺は次の社長になるつもり、ないですよ。結果さんが社長になるっていうならそれを支える心づもりでしたが、もうそれはできそうにない。社長。俺のことは本格的に外してもらって構わない。……養子縁組を、解消してください。俺は最川堂を去ります」

彼は頭を下げた。

もうおもねる必要はない。どこかふっきれた様子だったのは、このためか。

詩央は息をのんで、悠馬の背中を見つめた。

「田畑のミスは俺の責任です。いくら保険があるって言ったって、情報流出によって顧《こ》客《きゃく》様にご迷惑をおかけするのは変わりません。信用は、お金じゃ取り戻せない。そもそも、田畑が外に逃げ出すような職場環境を改善することができなかった。それに……何より、俺にはトップに立つ器《うつわ》がない。もともと大した実力もないんです。そしてみんなの責任を、俺はきっと拾いきれない。俺に養子の資格はありません」

「僕も、よろしいですか」

兵藤が前に進み出る。

「僕には野心がありました。コールセンターで埋もれるはずの職員が、いずれ社長になる。面白いじゃないですか。僕ならどんな交渉もまとめあげてみせると自負していましたが、己の実力を見誤っていたようです。スタッフを危険にさらした責任を取ります。実家からもさいさん要請がありますし、寺を継ごうと思います。……それに、他の二人がいない中、社長になったとしても、面白くないですしね。どうやら唐係長も我々と同じ考えのようですし」

兵藤は意味ありげな視線を、悠馬と唐に向ける。彼は他二人の養子を押さえ、自分が勝利することを美徳にしていたようだ。

唐が不機嫌そうに続けた。

「兵藤の考え通りだ。くだらん言いがかりをつけられ、仕事がやりにくくてしょうがない。養子になれば多少はやりやすくなると思ったが、なったらなったでいらん勘ぐりが増えた。周囲のお望み通り独立してやる。まあ、一時とはいえ親子になったのもなにかの縁だ。退職は今の商品を無事に世に送り出してからにするつもりだ」

詩央はあっけにとられた。

まさか、全員が養子縁組の解消を申し出てくるとは思わなかったのだ。

「さて、思わぬことになったね、朝井くん」

「最川社長」

最川藤十郎は、少しもあわてた様子がなかった。そしてゆっくりと扉を見つめた。まだ役者は揃っていない——そう言いたげな視線だった。

社長室の受付電話が鳴る。新多かもしれない——肩をびくつかせる。

「地蔵ちゃん。——俺が取るから」

彼は受話器をあげた。意外そうな声をあげる。

「社長。結果さんです。俺、迎えに行ってきます」

社長の期待のまなざしは、かつかつとヒールを打ち鳴らす音と共に輝きはじめた。

「失礼します」

悠馬と共に息せき切ってすべりこんできたのは、菅原結果である。いつもの隙《すき》のない美《び》貌《ぼう》はなりを潜め、その表情には疲れがにじんでいる。

詩央たちを見渡し、なぜという疑問を持ったようだが、彼女は構わずに社長の前に頭を下げた。

「最川社長。ご報告が遅れまして申し訳ございません。出張で席を外しておりました。先ほど七星主任と、田畑から情報流出についての報告を受けたところです。すべて私の監督不行き届きでございます」

彼女は、社長の机に一枚の封筒を差し出した。はっきりとした字で「辞表」と書かれている。

結果は頭を上げずに、はきはきと続ける。

「現時点で、紛失したUSBのありかはわかっておりません。顧客様から流出の被害報告もあがっておりませんが、データには数千名の顧客様のお名前やご住所、クレジットカード番号などのデータが入っておりました。これらがいつ流出し、悪用されるかはわかりません。最川堂のブランドイメージを傷つけることになりました。私が責任をとりますので、七星、田畑両社員はお咎《とが》めなしにしていただけませんか」

「結果さん……」

「私の責任です。こういったときに責任を取るからこそ、取締役なのです。もとはといえば、私が感情を抑え切れず田畑を追い詰めたことが原因。私に部下を指導する資格はありません。取締役を退任し、退職いたします。最後に私に取締役としての仕事をさせてください」

最川の視線が、ゆっくりと詩央にうつった。

「なにかつかんだからこそ、ここに来たんだろう。愚痴《ぐち》聞き地蔵さん」

すべてお見通しか。どこまでお見通しだったのだろう、最川藤十郎は。

詩央は、重要人物がそろい踏みしたこの場所で、緊張しながらも口をひらく。

「大丈夫です。すべての事件は、新多専務が糸を引いていました。順を追って、説明をさせていただきます。どうかみなさん顔を上げてください」

こういうのは柄じゃない。みなの注目を集める名探偵のような働きは、自分らしくない。詩央はあくまで愚痴聞き地蔵で、話すのでなく聞く側なのだ。今後もそれを貫き通すつもりでいる。

それでも、彼女は語りはじめた。また愚痴聞き地蔵に戻るために、これは必要なプロセスなのである。


「新多専務の関与はほぼ間違いがないです。証拠として木之内さんからの電話の音声データもあります。新多専務と木之内さんとのやりとりを録音できればよかったですが、彼が犯人だと確定している以上、掘れば何かしらは出てくるはずです」

詩央は自分が見聞きしたことを、できるだけ丁寧《ていねい》に説明した。

新多は素直に口を割ったりしないだろうが、木之内を呼び出し、白状させることもできる。盗み聞きの電話では、思ったよりも大事になったことに慌てた木之内が新多に連絡をとっていた様子だった。つつけば簡単に吐くだろう。

「新多か。何かしらやると思っていたが、予想通り動いてくれたね」

藤十郎は鷹揚《おうよう》に笑ってみせた。

「社長……ご存じだったんですか？」

「養子の件は、そもそも彼に内緒にはできなかったからね。社員の個人情報を扱う部署の長には、隠し通すことはできない。なにかしら仕掛けてくるはずだと思った。しかし、私の目の黒いうちに動いてもらわなくては困る」

詩央は合点《がてん》がいった。

社長が決算までに後継者を決めると言っていたのは、会社の不穏分子をあぶり出すためだったのか。

たしかに、そのために動かす人員が詩央だとしたら、新多は完全に油断しているはずだ。吹けば消えてしまいそうな立場の弱い一般社員が暗躍しているなどと、誰も思うまい。

（本来の目的が新多専務なのは、さすがに知らされていなかったけど……）

しかし、そうだったからこそ真実にたどり着けたとも言える。詩央も詩央で隠し事が苦手な性格なので、知っていればそうそうに新多に目をつけられてしまっただろう。

「養子……？」

結果は不思議そうな顔をしている。本当に寝耳に水といった表情だ。

「あの、結果さん。俺たち三人、社長の養子だったんです。黙っていたこと、謝罪します」

「はっ!?」

「少し前に、社長からそういうお話をいただいて。でも内緒にしなくちゃいけなかったんですっ、ごめんなさい！　俺は、次の社長は結果さんがいいって、伝えてあったんですけど……！」

結果は、社長と悠馬の顔を見比べて、嘆息《たんそく》した。

「……今更、どうでもいいわよ。私も辞表出したし。あなたも私を立ててばかりでかわいそうだなと思ってたの。ちょうど良い機会だったわね」

「結果さん」

「私のかわりに最川堂を頼むわよ」

「でも、俺養子縁組解消しようと思ってて」

「なんでよ。ちょっと待ちなさいよ。あなたが降りたら、この……この唐がッ。次の社長になるかもしれないってわけ!?」

結果は屈辱《くつじょく》とばかりに唐飛龍に視線を向ける。

唐は、めがねの奥の瞳を愉快そうに細めて言った。

「私か、兵藤が次の候補ということになりますね。菅原専務、私も鬼ではありません。どうです、今後はアルバイト販売員として、その手腕をふるわれてみては？　私が許可しますよ」

性格が悪い。自分も養子縁組の解消を申し出ていたではないか。

詩央は絶句したが、唐はツンとあごを上げている。本当に結果と唐は相性が悪い。

「それだけは絶対に嫌ッ。七星、あんた今すぐ解消するのを解消しなさい！」

「そんなあ」

「賑《にぎ》やかなのはいいが、そこまでにしようか」

藤十郎は手を打って立ち上がった。

七星悠馬、兵藤光淳《こうじゅん》、唐飛龍。

三人の義理の息子たちの顔を、彼は順番にながめた。

「時に、決まったかね。次の後継者候補が」

彼は詩央にたずねる。

「まだ養子縁組は解消していない。最後に朝井くんの意見を聞こうじゃないか。その上で、次を判断しよう」

「私……」

詩央は、全員の顔を見比べた。

ここにいる候補者たち、そして菅原結果は、会社を去ろうとしている。

「……いつのまにか、箱推しになっちゃったって言ったら、怒られますよね」

詩央はぽつりとつぶやいた。

思いや背景はそれぞれだが、彼らは責任を取る気でいる。己のふがいなさにくちびるをかみ、背を向けたのだ。

それは彼らが——それぞれに、最川堂が、ここでの仕事が好きだからではないか。

こんな事件さえ起こらなければ、彼らはまだ最川堂で活躍したはずである。

そして彼らの活躍を、詩央は見たいと思っている。

「社長、申し訳ありません。私が選ばなかった人が退職してしまうなら、選びたくないです」

かわゆりの笑顔を思い出した。どんなに辛《つら》くても、くやしくても、好きという気持ちがあれば人は何度でも立ち上がることができる。

ここにいる候補者たち全員が、後ろ向きな選択をしておきながら、誰ひとり後ろなど向いていない。ならば詩央は助けるだけだ。縁の下で社員を支えるのは詩央の仕事である。

詩央はいつだって応援したい。

総務部に配属したことを、今ではとても役得だと思っている。

「私には決められません。私の安易な考えで最川堂の行く末を決められない。愚痴聞いたり、みなさんについて知ったりするうちに、私は以前よりもずっと、この会社が好きになったみたいです。好きだからこそ、簡単には決められない。候補者のそれぞれの気持ちが本物だから、私だけが決めちゃいけないいんじゃないかって思います。最川堂には正しく、そしてここで働く人たちの希望であってほしい」

これが詩央の正直な気持ちだった。

こぶしをにぎりしめて続ける。

「この密命、私は降ります。特別賞与はお返ししますし、もし機密情報を私が知ってしまって、都合が悪いなら一筆書いて退職します。自分の生きがいを見つけられたから、きっともうどこへ行っても怖くありません」

私は密命に振り回されるうちに、もう一度自分の気持ちに向き合えたのだ。

詩央は最川堂にとって、雑用をするだけのちっぽけな存在である。今でもきっと、それは変わらない。そしてちっぽけだからこそ、誰かに寄り添える自分でいたいのだ。

最川は腕時計に目をやった。時刻はもうすぐ二十二時だ。彼は嘆息する。

辞表を手に取り、結果へ押しつける。

「結果。これは持ち帰れ。経営陣は新多を切れば十分だろう」

「社長」

「もう夜も遅い。それぞれの処遇は、明日以降に決めよう。全員帰りたまえ。念のため警備室には電話を入れておこう」

彼はそう言うと、全員を社長室から締め出してしまった。

新多の姿はない。詩央は警備員に見守られながら、会社を後にした。

*

最川藤十郎は、ゆっくりとらせん階段を降りている。

最川堂の本社ビルから車で二十分。閑静《かんせい》な住宅街の片隅に、そのバーはある。

地下の扉をあけると、たった六席のカウンターが橙色《だいだい》のゆらめく明かりに照らされた。

その片隅に、美味《おい》しそうにチョコレートをつまむ男が座っている。はげ頭を撫《な》で、ウィスキーのグラスを揺らし、琥珀《こはく》色の液体になかなか口をつけようとせず、もったいぶってながめている。

「不破くん」

藤十郎が呼びかけると、総務部長、不破和幸《かずゆき》は片手をあげた。

「いやあ、このたびはお疲れ様でした」

「いつものでよろしいですか」

藤十郎がうなずくと、年老いたバーテンダーは心得たように丸い氷をグラスに入れ、ウイスキーを注ぐ。バースプーンをそっと差し入れ、なじませたウィスキーが提供される。

「やはり新多だったよ。まったく、十年も一緒にやったのに裏切られるとは」

「まぁ、半分はわかっていたことだったんじゃないですか。彼は『大きな部品』でしたからね」

入社当時の新多博文は敏腕《びんわん》だった。それは間違いがない、刷新的な等級制度を起用し、社内企画や海外子会社への研修業務など、多彩なカリキュラムをそろえた。栄養たっぷりの社員食堂や託児所の設置も彼の功績だ。

それを目当てに入社を希望する社員も増え、会社は活気づいた。

だが彼のおかげで、明暗がはっきり分かれた社員もいる。杓子定規《しやくしじようぎ》な人事評価にあてこめられ、やりきれずに退職していった者も。特に主婦層を中心とした訪問販売部隊は彼のせいで割りを食った。正社員登用される機会がぐんと少なくなったのだ。元販売員の菅原結果は彼のやり方に異を唱え、たびたび対立した。

「しかし、自身の大きさを過信しすぎたようですな」

不破はウィスキーに口をつけ、鼻からゆっくりとアルコールの匂《にお》いのこもった息を吐きだした。

ここ数年、新多は特定の人材派遣会社から過剰《かじょう》な接待を受けていた。さらには前職の会社から異例の好条件で社員の引き抜きを実行するようになる。社内の格差は広がるばかりだ。世代交代に向けて、明らかな新多派を作ろうとしていた。

最川堂を、己の帝国に仕上げようとしていたのだ。

彼の計画がくるわされたのは、やはり最川の養子縁組だろう。わかりやすいほど結果派の七星悠馬、腹の底では何を考えているのか読めない兵藤光淳、実力ゆえに他人に媚《こ》びず、間違ったことを許さない唐飛龍。三人が三人、新多にとっては脅威《きょうい》である。

「不破くんからの報告がなければ、新多の問題行動には気が付かなかったよ」

「もとはといえば、木之内くんの件を秘密裏《ひみつり》に処理したのも私でしたからな」

物流部、木之内政治は在庫を盗み、ネットオークションで転売していた。

発見したのは不破和幸である。

不破はオフィスでのんびりとネットサーフィンをしているふりをして、最川堂のオークション出品物を調べていた。気になったのは、星座シリーズの化粧品《けしょうひん》に付属している限定コフレである。営業部が主導した、ポーチと鏡の雑貨つきのものだ。星座シリーズのミスト化粧水の抱き合わせで出品されていたが、まだコフレは予約を受け付けた段階だ。サンプル品の在庫はあるものの、手にできる人物は限られている。

調査のすえ、木之内を特定した。勤務中のアルコール摂取《せっしゅ》も明らかとなった。

最川はこの件を警察沙汰《ざた》にしないかわりに、彼の再雇用契約を打ち切り、退職金の支払いを差し止めた。その間に入ったのが、不破和幸である。

「君にはいつもこんな仕事ばかりさせてすまないね」

「慣れていますよ。昔からね」

不破と藤十郎は戦友である。

まだ藤十郎が若い時分、医薬品の販売をしていた時からの付き合いだ。昔の部下だったが、一時は彼の手元を離れてしまった。当時の最川は暴君で、幾人もの部下が音《ね》をあげていった。不破も、そのひとりである。

当時は高度経済成長のただなか、攻めに転じれば必ず大きなリターンがあるはずだ。そう信じていたのに、がむしゃらに進んで振り返れば、立ち上げのメンバーのほとんどがいなくなっていた。

『最川さん。あんたの仲間はみんな優秀だ。それにプライドも高くて我が強い。だから大きな成果が残せるんだろう。でも、そういう人たちだからぶつかりあう。人をまとめて雇うときは、必ずひとり、良い歯車になれる人を入れないと』

共同経営者の兄を亡くし、孤独になった藤十郎のもとへ、そう言って不破は戻ってきた。以来、彼は最川堂の歯車になってくれた。『歯車』という一見マイナスにとられかねない役割を、彼は胸を張ってこなしてきた。でしゃばることもなければサボることもなく、ただ社員の困りごとに耳を傾けた。

それは母の久子《ひさこ》のやり方に似ていた。彼女はいつも、優秀な販売員を引っ張ってきた。人の話に傾聴し、人の信念を静かに読み取って、ふさわしい人物を選んできたのである。今は取締役の菅原結果を発掘したのも、彼女の功績だ。

不破のような、久子のような、企業を動かすための優秀な歯車が必要だった。大きな部品は、むりに詰めこめば機能しなくなる。彼らにしなやかに動いてもらうために、歯車は必要な人材だ。彼らはけして主役になることはない。だが人に寄り添う姿は、必ず戦う社員を救う。

「うちの朝井はどうですか。いい歯車に育ちましたかね」

「最初の数年は見込み違いかと思ったけど、君に任せて正解だったよ。いつのまにか『愚《ぐ》痴《ち》聞き地蔵』ときた。総務部はいい歯車部隊だよ」

歯車の役割を受け入れられず、多くの新人が辞めていった。

詩央は育つだろうか。

藤十郎はほほえんだ。たぶん、彼女はうまく育つだろう。面接のときの、慌てっぷりを思い出す。かばんを蹴《け》っ飛ばし、ひっくり返りそうにながら詩央は言った。

「朝井詩央と申します。今、ほんのこの一時だけかもしれませんが、この会社に関われて、私幸せです」

世の中は変わった。インターネットが普及し、気軽に情報が手に入るようになった。今の若い人は、結婚相手ですら画面越しに探すという。

対話を苦手とする若者が増えた。それは若者だけではなく、年配者にも伝染している。互いを知りすぎないことが最低限のマナーであり、人々は殻《から》の中に閉じこもる。

だが藤十郎は考える。

歯車となれるのは、他人の殻を恐れずノックできる人だ。『袖《そで》振り合うも多生《たしょう》の縁』を肩肘張らずに実践《じっせん》できる人物なのだ。

朝井詩央は、ごくごく普通の女子大生だった。だが彼女には、不破や久子のような特性があった。

鬱屈《うっくつ》として、気難しく悩みを抱える人のそばで、ただ寄り添えるということ。

それは簡単なようでいて、難しい。

——しかし、彼女を知ったのは面接のときだけではなかったのだが。

「そうは言っても、朝井詩央は知りすぎましたな。百万をやって、追い出しますか」

いたずらっぽく笑う不破に、藤十郎は眉《まゆ》を下げる。

「そんな気はさらさらないだろう、不破君。彼女こそ一子相伝、君の後継者だよ」

*

詩央は二日ほど、会社を休んだ。

新多の報復が怖かったのもあるが、珍しく熱を出したのである。

念のため検査を受けたが、流行《はや》り病《やまい》ではなかったようで、ひとまずほっとする。

だが、クリスマスもずっと布団と恋人だった。別に彼氏がいるわけではないが、せめてドルコレのクリスマスライブには行きたかった。インスタにアップされたかわゆりのベストショットを諦め悪く何度も眺めてしまう。

ぬるくなったひえピタをはがし、くず入れに放り込んだ。スウェットの下から手を入れて、腋《わき》で挟むタイプの古い体温計を入れる間に、洋平《ようへい》がずかずかと入ってきた。

「ちょっと、ノックくらいしてよ」

文句を言うが、洋平は我関せずだった。いつもふたりで食事をするときに使う、背の低いテーブルを運び込むと、キッチンから盆をひとつ持ってくる。

「えー、梅干しがゆ、冷やし茶碗蒸《ちゃわんむ》し、おでんの三種セットになります」

ぶっきらぼうに盆を置いた。

木製のお椀《わん》には、てらてらと輝くもったりとした粥《かゆ》の中央に、大ぶりの梅干しが載っている。口当たりの良さを重視してあえて冷やした茶碗蒸し、大根や昆布、はんぺんやちくわぶが並ぶ、だしのよくしみ込んだおでん。

洋平なりの病人食だ。

「バカも風邪《かぜ》ひくんだな」

「うるさいなあっ、もう」

腋の下から体温計を引き抜くと、すでに微熱程度になっていた。

しかし、洋平の気遣いはありがたい。一人暮らしの何がつらいって、体調不良のときに助けが来ないことなのだ。

玄関の呼び鈴が鳴り、洋平は「ちっ、うるせえなあ」と、目の前の妹と同じようなセリフを述べて立ち上がる。

セールスだったら洋平の顔を見るなり逃げ帰るはずなのに、なぜか兄は玄関から戻ってこない。茶碗蒸しにスプーンを差し入れ、銀杏《ぎんなん》を最初に食べるか最後に食べるか逡巡《しゅんじゅん》していると、洋平が眉間《みけん》にしわを寄せて顔をのぞかせた。

「おい」

「何?」

「お前、男が押しかけてきてるぞ。よそで悪さしてきたのか」

せっかくの銀杏を取り落としそうになる。

「してないよっ」

「しかも三人もいやがるぞ。どうするんだ。ヘンな奴なら追っ払っておくか?」

男が三人?

真っ先に思い浮かんだのは、養子の三人だ。先ほどスマホを見たときには何もお知らせがなかったので、詩央はビジネスバッグに入れっぱなしになっていた、藤十郎から預かったピンクのタブレットを取り出した。

新着メールをタップする。

『朝井くんへ

休んでいると聞きました。大丈夫ですか。

不破くんから聞いて、見舞いの品を届けさせます。　　　　　　　　　　最川』

——たぶん、これだ。これしか考えられない。

藤十郎は、なぜずっと前に送信した詩央のメールには返信せず、余計な気をまわしたのだ。というか不破部長も住所を教えちゃったのか。あの厄介《やっかい》な三人に。

姿鏡に己をうつせば、乱れた髪によれよれのスウェットで、とてもお見せできる状態ではない。

「洋平。たぶんその人たち、会社の人」

「はあ？　どうすんだよ。そいつら玄関で雁首《がんくび》揃えて待ってんぞ。カチコミかオイ」

「ちょっと、今すっぴんだし髪もぼさぼさだしやばいから、背中に隠してよ」

「めんどくせえな。いつもとたいして変わんねえだろうが」

ぶっ飛ばすぞ、と思ったが、ここで兄妹喧嘩《げんか》をしている場合ではない。

二両編成の列車のようなまぬけな姿で、詩央は洋平のトレーナーの裾《すそ》をひっつかみ、おそるおそる玄関口に向かった。洋平が扉をあけると、やはり予想通りの人物たちが立っている。

段ボール箱を抱えた七星悠馬、デパートの紙袋をたずさえた兵藤光淳、めずらしく白衣を脱ぎ、墨《すみ》色の薄いコートを羽織《はお》った唐飛龍。

「じ、地蔵ちゃん？　ごめんね。お休みのところ。これ、スポーツドリンクとゼリー、しこたま買ってきたから」

しこたまの量がほぼ業務用であったが、悠馬はそれを遠慮《えんりょ》がちにかかげた。

「あのー。彼氏さんがいいって言うなら、玄関に置いていいですか？」

洋平の強面《こわもて》に、悠馬は完全に腰が引けている。彼が腕を組み、阿修羅《あしゅら》のようにすごんでいるからだ。新聞や宗教の勧誘など、招かれざる客を前にすると、彼は往々《おうおう》にしてその態度である。

「彼氏じゃないです。兄です」

「えっ、似てないね!?」

「似てなくて悪いかよ」

洋平がさらに口元を曲げる。

「いや、全然悪くないです、お兄さん。突然お邪魔しちゃって、す、すみません」

ライオンの檻《おり》の前に生肉を放るようにして、悠馬はおそるおそる段ボール箱を玄関に置いた。

「僕からはお茶を。埼玉の名産品の狭山茶《さやまちゃ》です。風邪にはカテキンを摂《と》った方がいいと、今井さんが選んでくれました」

紙袋の中には、桐《きり》の箱に入った立派な茶がおさまっている。

「今井さんから、様子を見てきてほしいと言われています。僕もたいへん助かりました。コールセンターまで助けにきてくれて、本当にありがとうございました」

唐はポケットに手を入れて、チャック袋に入った小さな瓶《びん》を取り出した。

「七星から聞いた。これが気になっていたんだろ？」

「え……？」

「門外不出の新商品だ。まあ、デザインは中国で決めてくるから、今は中身だけもったりとした液体の中に、金箔《きんぱく》が贅沢《ぜいたく》に舞っている。化粧水《けしょうすい》よりもとろりとしていて、乳液ほど固くはないようだ。

「オイル美容液だよ。乾燥と吹き出物だらけのあなたには保湿が必要だろ。先に使っておけ」

一言余計であったが、唐は誰になんと言われようと、これを出そうとはしなかった。彼なりの精一杯の気遣いである。詩央はありがたくいただくことにした。

洋平が代わりにそれを受け取ると、兵藤がうなずく。

「体調のすぐれないところ、すみません。もしかしたら朝井さんが会社を辞めるかもしれないと最川社長に聞いて。新多専務に追いかけられて怖い思いをしましたからね。もう大丈夫ですよと言いに来たんです。新多専務は昨日付で解雇が決まりました。音声データが決め手になった。人事部の東《ひがし》さんも、協力してくれたようですよ」

類子が。洋平の背中で息をのむと、彼はふう、と息をついた。

「ややこしい話みたいだな。寒い中、立たせているのもアレなんで。よかったらうちで一杯やってきませんか」

「洋平」

「お前は部屋で寝てれば。俺がもてなすからよ」

そういうわけにはいかない。詩央はあわてて洗面台にかけこんで、髪にブラシを入れ始める。化粧をする暇がないが、仕方がない。三人の養子たちは窮屈《きゅうくつ》そうに身をかがめ、玄関口で靴《くつ》を脱ぎ始めた。

洋平はおでんや茶碗蒸しだけでなく、はりきって作り置きのおかずまで小鉢《こばち》に入れて提供した。胡麻和《ごまあ》えのホウレン草やブロッコリーの塩漬け、さらに特製味噌につけておいた肉を冷凍庫から取り出して、フライパンをあたためている。

一度もてなすと決めたからには手を抜かない。洋平のやり方である。

「地蔵ちゃん、すごいね。いつもこんなおいしいもの食べてるの？　まるでお店の料理じゃない」

悠馬は夢中で箸《はし》を動かしている。運動部の学生のようだ。

家庭料理を作らせても、洋平はだしの取り方が本格的で、食感を重視して野菜の切り方ひとつ手を抜かない。

「あ、はい……うちの兄、料理だけはうまいんで。無職ですけど……」

「僕も一人暮らしだから、久しぶりにこんなに健康的なものを食べたな。唐係長もそうですよね？」

「私はほとんど外食だから、そもそも家に調理器具がない」

普段オフィスの中心にいる三人が、自宅の手狭なアパートに並ぶと、猛烈な違和感がある。

兄が台所につきっきりなので、せめて酌《しゃく》くらいはするかと思ったが、兵藤に断られた。

「僕は運転があるし、急にお邪魔したので、気を遣わないで」

唐は我が物顔で、とっくりをかたむけている。おでんには熱燗《あつかん》だと、兄がすぐに日本酒をあたためたのだ。

乾杯もせず、くちびるをしめらせるなり、彼は口火を切った。

「さっそくだが、新多博文のことだ。取締役の解任、そして解雇が決定した。もう出社してもオフィスに彼の席はない。この事件のほかにも、人事採用の面で相当な癒着《ゆちゃく》があったようで、東類子がそれを報告した。新多が席を外しているうちに、証拠のメールを控えたそうだ。木之内をけしかけたやりとりも、しっかり残っていた」

兄の作った粥《かゆ》に口をつけながら、詩央はもしかして、と思う。

（あの日、類子さんは人事部のオフィスにひとりで残っていた。唐係長が濡れ衣をきせられていると、わかっているみたいな口ぶりだった。新多専務の態度に思うところがあって、彼女なりに動いていたのかも）

愚痴《ぐち》は多いが、類子の愚痴の内容はほぼ決まっている。公平性や平等性に欠ける出来事が、我慢がならないのだ。仕事をサボって時間をつぶしていた派遣社員に腹を立てていたこともそうである。

自分の上司が不当な利益を得ていて、なおかつ他人を陥《おとしい》れていると知ったら、類子の性格上、きっと許せないに違いない。

新多とやりあって退職する覚悟で、あの場に残っていたのではないか。

詩央と会ったあの日、彼女は新多専務のパソコンに狙いをすませていたのかもしれない。そして木之内をそそのかすやりとりも見つけた。

――何かあったら、今度は私が相談に乗るから。

そう言った類子の顔を、思い出した。

自分以外にも会社を守ろうと動いてくれた人がいる。そのことが、詩央にはとても頼もしかった。

悠馬が付け加える。

「田畑がなくしたUSBも、木之内が持ってたみたいだよ。訴訟《そしょう》を起こすって言ったら、あわてて郵送してきた」

田畑がコーヒーショップのお手洗いに行ったすきに、抜き取ったそうだ。彼がいつもそこで仕事をしているのを、新多も知っていたのだろう。

「まぁ、木之内が小遣い稼《かせ》ぎに中身をコピーして売っている可能性もあるけどな」

唐は冷めた表情だ。

兵藤が、丁寧《ていねい》に箸をおいてから続ける。

「ただ、不幸中の幸いは訪問販売部の顧客《こきゃく》情報は流出していないことです。訪問販売はほとんどがアナログ形式。紙媒体《ばいたい》の注文書をファックスでやりとりしているので」

訪問販売のユーザーは八割が高齢者だ。インターネットの利用を苦手としている彼らは、コールセンターや販売員あてに直接電話で注文し、新商品のお知らせはファックスで受け取っていた。

「顧客様のすべての情報が流出していないことが、唯一の救いでしょう」

「それでも、俺と結果さんは責任をとるつもりでいる。俺、年明けには営業部を出るんだ」

悠馬の言葉に、詩央は目をむいた。

「えっ。だって、新多専務が責任を取るんですよね……?」

「田畑が個人情報をずさんに持ち歩いていたことは変わらないし、新多専務がなにかやらなくても、うちの部署が瓦解《がかい》しかけてたことは間違いない。俺と結果さんがいなくなれば、雰囲気《ふんいき》も変わって新しい営業部になるかもしれないって思ったんだ」

「菅原専務、辞めちゃうんですか?」

詩央が青ざめると、悠馬は首を振る。

「最川社長がなんとか引き留めて、訪問販売部に異動することになった。でも、結果さんはかたくなで、取締役を続けるつもりもないし、役職もつけないでほしいって言うんだ」

「さすがに今まで取締役だった人間をヒラ社員として扱えといっても、訪問販売部とて困惑するでしょう。相談役っていう形だけのポストが作られたんです」

　悠馬に続けて、兵藤が補足した。

　新多専務に冷遇されていた訪問販売部をもう一度活気づけるために、結果は自ら在庫を抱え、新年から自分の足で営業回りをするという。

「俺はそろそろ結果さんから離れて、独り立ちしたいと思って。経営企画部に異動願いを出した。あそこもあそこで曲者《くせもの》揃いなんだけど、大丈夫かな、俺」

　経営企画部は、最川堂において、売り上げを作るサブアタッカーといったところだ。改革をするために古巣へ戻った結果、新しい分野で一から学びなおすことにした悠馬。それぞれの道は険しいが、彼らならうまくやれるだろう。

「安心して戻ってきてよ、地蔵ちゃん。社長からも御礼言いたいってさ」

「え……でも、私、社長との約束、結局守れませんでした。みなさんのうち、次の社長になるのは誰かって、決めなくちゃいけなかったんです。自分だけすっきりしちゃって、本来の目的を遂《と》げられなかった」

　詩央は正座して、彼らに向き直った。

「お前、そんなことやってたのかよ！」

豚のみそ焼きを配膳《はいぜん》しながら、洋平は目をむいた。

「だからお前鬱《うつ》になってたのか。そんなことならもう会社辞めろよ」

「でも、そういうわけにはいかなかったんだよ！　洋平とふたりで無職でどうすんの!?」

「お前ごときに心配されるほどじゃないっつーの。今度後輩がさ、インターネットで街をつくるゲームに投資するらしいんだけど、儲《もう》かったら数千万も夢じゃないらしいぞ。メタなんとかというやつ。でも別に、俺がプログラムを組む必要はないんだよ。そこでバーチャル板さんやればいいらしい。元手を貸してくれるところも紹介してもらえる。お前の貯金はもう大丈夫だ、大船に乗ったつもりでいろ」

メタなんとか、プログラム、のところがやけにたどたどしい。洋平は明らかに仔細《しさい》を理解していない。

「なにがバーチャル板さんだ。マジでやめてよ」

「あはは、お兄さんって呼ぶんじゃねえよ。俺は本気なんだよ」

「お兄さんって呼ぶんじゃねえよ。俺は本気なんだよ」

「すみませんでした」

洋平に怒られて、悠馬は小さくなっている。

「社長の本来の目的は、後継者を決めることではなかったと思います。新多博文の反乱を誘発しようとしていたのでしょう。あなたという見張りをつけることで、見事社長の放った網《あみ》に、新多がかかった。もう十分に、役目を果たされたのです」

兵藤がそう言うと、人生の目的を遂げたかのごとく即成仏《じょうぶつ》しそうになってしまうが、唐は容赦《ようしゃ》がない。

「まあ、特別賞与までもらっていたのだというのなら、それはそれとしてすっぱり決めるのが仕事だと私は思うが」

選ばれる自信がある男の口ぶりである。

唐はおでんの入った鍋《なべ》の前から離れがたくなってしまったのか、卵やこんぶ、大根をつぎ、器《うつわ》のはしに和からしをすりつけている。

「私たちはいまだに養子の籍から抜けてない。最川社長から強い反対があってね。取締役がふたりも退任して、養子にも抜けられたら手痛いんだろう。会社に戻るつもりでもそうでなくても、このことは他言無用で願いたい。今日来たのはそれを伝えたかったこともある」

「おでんを食べに来たわけじゃないんですけどね」

兵藤は苦笑いをしながら、唐の食べっぷりを見ている。彼は食に無頓着《むとんちゃく》なように見えて、うまいものを前にすると黙々と食べ続ける性質《たち》のようだ。どこまでも正直な男らしい。

兵藤の箸《はし》のつけ方はあくまで上品で、遠慮《えんりょ》がちだ。

洋平は唐の様子を気に入ったのか、次々とおかずを彼の前に寄せ、おかわりの日本酒をとっくりに注ぎ、小鍋で温め始めている。

悠馬は詩央のウーロン茶が空《から》になるのを見計らうと、運んできたスポーツドリンクを手に取り、あけてくれた。

「まあ、色々あったからゆっくり休んでよ。とにかくもう会社は大丈夫。駒ちゃんも心配してたし、東さんもなぜか俺に、地蔵ちゃんの様子をたずねてきたから。本人に連絡してあげてくれませんかって」

忘れていたが、類子には自分が『七星狙い』だと誤解されているふしがあるのだった。

そのことを思い出し、詩央の顔が疲労で引きつる。その顔を見て、兵藤は何かを察したように立ち上がった。

「長居してもご迷惑ですから、我々はこれで」

「酒も料理も、まだ出せるけど」

「いいえ、明日も仕事がありますので」

兵藤がきっぱりと断ると、洋平はタッパーにおでんを詰めて、三人に手渡していた。

「突然押しかけたのにすみません」

「……」

恐縮する兵藤に、洋平は相変わらず態度を崩さなかった。彼の野生の勘が、兵藤を警戒させているのだろうか。

「妹は、まぁ落ち着くまで休ませますんで。そっちの社長にも伝えてください」

保護者ぶってそう言うと、洋平は彼らを玄関まで送りだした。

「朝井さん」

玄関口まで彼らを送ると、唐に呼び止められた。

名前を呼ばれたのは初めてかもしれない。この人、ちゃんと私の名前を憶えていたのか。

悠馬と兵藤はアパートの階段を降りてゆく。それを見やってから、彼は口をひらく。

「生きがいを見つけた、って言ってたな」

「え……？」

「最川社長に、やめてもかまわないって言ったときだよ」

そういえば、そんなことを言った。

今までは、雑用係の自分に自信を持てなかった。最川堂の社員は、それぞれが強くて、優秀で、でもだからこそ壁にぶつかって。時にあこがれ、時にハラハラしながら、詩央は自分にないものを自問してばかりいた。

　でも、自分が主役でなくてもいい。そう気がついてからは、肩の力が抜けた。誰かを応援する幸せもある――そう、あのときから今も、詩央はそう思っている。

「はい。言いました。まあでもあのときは勢いで、よそ行って通用するかっていうと、また別問題なのかな、なんて……」

「しないだろうな」

　唐はふっと、息をつくようにそう言った。

「はっ!?」

「暴れ馬をならすスキルが生きるのは、最川堂だけだ。それを生きがいにできる変わり者もあなたくらいのものだな。総務部に人が居着かない理由をまともに考えてみろ。自覚してるならさっさと戻ってこないと、東類子が代わりの社員の採用活動を始めるぞ」

「類子さんはそんなに薄情じゃありません！」

「どうだか」

「た、たぶん唐さんと類子さんって、ちょっと性格が似てますよ」

「私が薄情ではないとでも？」

「……少なくとも、最川堂に思い入れがあるから、まだここにいるんですよね？」

唐は薄く笑って、背中を向けた。

「会議室のガラステーブル、不破部長が磨《みが》いている。年寄りにあんまり無理をさせるな」

「あの」

「おーい、唐さん。帰りも兵藤さんが送ってくれるってー。最寄り駅どこ?」

間延びした悠馬の声が聞こえてくる。

「私はしばらく出張で本社には戻らない。良いお年を、朝井さん。年明けには以前より悪化したその肌荒れが治っていることを祈る」

詩央は思わず頬《ほお》に手をやった。そうだ、すっぴん。

「保湿しろ」

そう言い置くと、彼は振り返らずに階段をおりていった。

冷たい風がふいて、詩央は身を震わせる。

(くう。最川堂のスタッフを応援するとは決めたけど、唐係長のことは素直に応援したくない)

自室に戻り、洋平がもくもくと洗い物をする音に耳をすませながら、唐がよこしたサンプル品をテーブルに置いてみる。美容液の中で金箔が、金魚のように泳いでいる。

保湿しろ——以前にも、彼に同じことを言われた。

（うん？　初めて会議室で話したときは敬語だったのに）

いつからだろう。でも、詩央が彼の潔白を信じていた時にはすでに、彼は今の口調になっていた気がする。先ほどの憎まれ口とて、彼なりの激励《げきれい》だろう。

唐飛龍。わかりやすいようで、肝心《かんじん》なところはちょっとわかりにくい人である。

＊

最川堂は新しい年をむかえた。オフィスの入り口には、立派な門松《かどまつ》が設置されている。

すっかり熱は下がり、詩央はすがすがしい新年をむかえた。

結局、クリスマスからなだれこむように会社を休んでしまった。少々の気まずさを抱えて、詩央は社員用のカードキーをタッチする。

詩央の自席は、パソコンにうっすらと埃《ほこり》がつもり、書類の束が置かれていること以外はいつも通りであった。正月に帰省したらしき米村さんの定番土産《みやげ》『萩《はぎ》の月《つき》』が置いてある。

彼女が休み前に内線表を更新してくれたのだろう。新多と木之内の席は消え、結果と悠馬の席も、新しい部署に付け替えられていた。

「不破部長、ながらくお休みをいただいて、ご迷惑をおかけしました」

「もういいのかね、地蔵ちゃん」

不破部長は『萩の月』をいじる手をとめて、顔をあげた。

「はい、すっかり。休みの間、考えていたことがあるんです。ご相談に乗ってもらえませんか」

「休みの日まで仕事のことなんて考えるんじゃないよ！」

不破部長はそう言ったが、横になっているからこそ、仕事のことが次々と頭をめぐって仕方がなかったのである。洋平がバーチャル板さんになろうとしているのを考えたくなかっただけかもしれない。

休みの間、類子や朱里から次々と安否確認のメッセージが届いた。

そのせいか、またはそのおかげか、詩央の意識は休暇と仕事を行きつ戻りつしていたのだ。

普段なら休みの間くらい仕事のことを忘れたいところだが、今回の長期休暇は、それでよかったのだと思う。

類子は電話をくれたし、朱里も気分転換になればと、所属する劇団の公演チケットをくれた。お正月休みの下北沢《しもきたざわ》。くるくると表情を変える彼女を見られて、詩央は笑ったり泣いたり、二時間の公演で多くの感情を出し切った。同じく招待されていた類子、鼎《かなえ》みつば、金川京子と、笑顔で劇場を後にした。

朱里が演技の勉強のために最川堂でアルバイトをしている理由が、よくわかる舞台であった。

曲者ぞろいのこの会社、全員が主人公のような強さと個性を持っている。

役者不足なのか、朱里はひとりで何役も担当している。

彼女の扮する登場人物は、どこかに最川堂の人物たちのエッセンスがあって、だからこそリアリティーが生まれていた。

それを見ていたら、あの愚痴《ぐち》を聞いていた日々がむしょうに懐かしく、愛《いと》おしくなったのだ。

早く、休み終わらないかな。

そう思ったのは、入社以来はじめてのことであった。

詩央はあらためて不破部長に向き直った。

「木之……じゃなかったすみません、コールセンターにあった不審電話の件で」

木之内の事件は公《おおやけ》になっていない。不破部長の耳に入っているかはわからなかった。

「今後、考えたくはないですが似たような件が発生するかもしれません。そのときにコールセンターの警備状況では、少々不安があります。警備会社と社屋に距離がありすぎますし。せめて防犯カメラは自社で用意して、コールセンターと本社のスタッフが両方、現場で確認できるものにしたいです。また、緊急時には社員にPCを貸与してリモートワークで対応してもらえれば、台風や大雪のときも安全に働いてもらえます。そのために、セキュリティーは今より徹底的にしておきたいのですが……田畑社員の二の舞を作らないためにも」

「そうだねえ」

不破部長はのんびりとして言った。

「田畑くんのことは問題になったから、よりいっそうPCの持ち出しは厳しくなりそうだけど、時代に合ってるかっていうとそうじゃないんだよねぇ。時間とか場所にとらわれず、自由に仕事ができてもいいいんじゃないかな。そうなれば訪問販売部だって、応援してくれるかもしれないし」

たしかに自由な職場環境をもっとも必要とするのは訪問販売部だ。電話や対面、ファックスなどが主力なツールらしいが、もはやファックスを置いてある個人宅は少ないと聞く。テコ入れの時期であろう。

菅原結果が味方をしてくれるなら心強い。

「警備カメラの購入に関しては、次の会議で話題に出しておくよ。きっと兵藤くんも賛成してくれるんじゃないかな」

「はい！」

「なんか、地蔵ちゃん元気になったわね」

米村さんが、来客用の湯飲みを磨きながらうなずいている。

「良かったわぁ。地蔵ちゃんが元気じゃないと、総務部にたずねてくる人まで元気なくなっちゃうから。お休みの間、朝井さんはどうしたんですかって次々とお客さんが来たのよお」

「そうだったんですか」

「ほら、前に具合悪くなっちゃった宣伝課の中神《なかがみ》くんも。お供え物持ってきたとかいって、クッキーの詰め合わせ、ドンとおいていったわよ」

米村さんは、備品倉庫のすみから缶入りのクッキーを取り出した。

「お供え物って……」

苦笑したが、ありがたくいただくことにする。

唐が中国出張から帰り、作り上げたサンプルを、無事に中神一也《かずや》に渡したそうだ。中神は新しいブランドホームページの作成に、今はしゃかりきになって走り回っているという。

詩央はピンク色のタブレットをケースから外し、デスクの鍵《かぎ》付きの引き出しにしまいこんだ。

詩央が最後に送ったメール。『特別賞与をお返しします。振込先をご指定ください』というメッセージに、返信はきていない。

特別賞与はもらいそこねたけれど、平和な会社員生活が手に入った。それで十分である。

「まあ、何とかうまくまとまって、よかったです」

詩央は席について、上機嫌にクッキー缶の周りをふさいでいるテープをはがした。

元気なことには、もうひとつ理由がある。

目の覚めるようなブルーのトートバッグ。詩央が金曜日、それをたずさえてくるときは、誰よりも刺激的な華金の予定があるときなのだ。

＊

すっかりおなじみの新宿《しんじゆく》駅。ライブハウスのトイレを借りて、手早くドルコレTシャツに着替える。

クリスマスのライブは泣いて見送った。だが年明け一発目のこのイベントは必ず参加したかったのだ。

スモークがたかれ、期待と興奮が入り混じる。

やっぱり、推しこそ生きる理由。今は仕事も大切だが、かわゆりの存在は詩央をいつだって元気づけてくれる。

彼女が懸命に更新してくれるSNSを見るたびに、自分が寝ついたままでなるものかと奮起したものだ。

(今夜は、思う存分網膜《もうまく》にかわゆりを焼き付けるぞ!)

今か今かと出番を待つ彼女の隣に、すっと並び立つ者がいた。

ドルコレのスポーツタオルを首にかけ、同じくかわゆりカラーのTシャツを身にまとい、ぎこちなくペンライトを持つ男性。

その横顔に目をやると、詩央はひっと悲鳴をあげる。

「しゃ、しゃしゃしゃしゃしゃしゃ社長。なぜここにっ」

嘘だ。幻覚だ。もうすっかり健康体なはずなのに、自分はどこかおかしくなってしまったのか。こんな小さなライブハウスで、最川藤十郎の姿を見るはずがない。

「いやあ、お疲れ様、朝井くん」

しかし、たちの悪い悪夢のように、藤十郎はこちらに笑顔を向けている。まるで本社のエレベーターで鉢合《はちあ》わせたときと、そっくり同じ挨拶《あいさつ》だ。

「ど、どうかされたんですか。えっ、何か、迷子とかですか!?」

普段運転手付きで移動している藤十郎が、何をどうやったらライブハウスで迷子になるのか。そんなことがあるはずもないが、詩央は取り乱している。

「孫娘の活躍、見に来て何が悪い」

「ま、孫娘……?」

「まあ、私も忙しいからな。そうめったにライブには足を運べないが、今は優秀な息子が三人もいるのでね。ようやく暇ができたよ」

事情を呑《の》み込めない詩央のために、最川は声を小さくする。

「かわゆりの本名は、最川友梨佳《ゆりか》。私の亡くなった息子の子で、今や遠い親戚《しんせき》を抜かせば、唯一の血のつながった身内だよ。数年前にうちが関わったメイクのドラマでチョイ役したのも、その関係。まあ、本人は私の力を使うのをいやがって、地下でライブする生活に逆戻りしたけどね」

なかなか芽が出ない孫娘を不憫《ふびん》に思い、最川がキャストにねじこんだと言う。祖父孝行のために一度はドラマに出演したかわゆりだが、今後こういったことは一切やらないと宣言しているそうだ。

アイドル活動に魂を燃やし、非常に潔癖《けっぺき》な性格だという。

「孫からもよく聞いてるよ。いつもイベントに足を運んでは、彼女の話を聞いてくれるそうだね。『普通ならファンの話を聞いてあげるのがこっちの仕事なのに、しおちゃんは面白いね』だそうだ。面倒くさい説教もしないし、一方的に感情をぶつけることもない。すごく話しやすくて大事なファンのひとり、それがかわゆりにとっての君だ、朝井詩央くん」

「あ、あの社長、いつからですか。いつから私がその、お孫さんのファンだって。あ、あの密命の件も、そのせい!?」

そういえば、養子の名前が載ったワードファイル。パスワードはかわゆりの誕生日だった。

「さあ、ライブが始まるぞ。気合入れないとな。新年一発目だからな」

「社長っ」

「そうそう、後継者の件だがな、今回のことで結果を見直した。機嫌で経営を左右されてはかなわんと思って、一時は候補から外したが……だがまだ販売部ではあの調子のようだ。まぁ人は劇的には変わらんな。しかし、君も決めきれなかったように、他の候補も全員が捨てがたいところもあり、頭を抱えたくなるようなところもある」

ライブ開始を告げる、アナウンスが流れた。

ライトが徐々に落とされ、歓声が沸く。

「気長にいこうじゃないか。今度は結果も含めて誰が一番後継者にふさわしいのか、ジャッジしてくれたまえ。よろしく頼むよ。そういうわけで、前金の五十万はもらっておきなさい」

じゃじゃーんと、エレキギターの音が響く。ドール・コレクションの登場曲、導入部分がすでに始まっている。

「社長、待ってください、私降りるって言いましたよね!?」

詩央が叫ぶと、藤十郎も同じように声を張り上げる。

「担降りか!?」

「それは、絶対、しませんけどー!!」

「ならいい！　ここではただのファン同士、平和にやろうじゃないか！」

色とりどりの光線がライブハウスをつらぬいた。ファンの咆哮《ほうこう》で、すでに社長の声は聞こえない。

かわゆりが手を振りながらステージにのぼってくる。詩央と、隣に立つ藤十郎の方を向いて、満面の笑顔でピースサインをかます。

その笑顔に心をほどかされそうになり、詩央はあわてて首を横にふる。

「社長!!　私はよくないです!!　とにかく、話をさせてください——!!」

藤十郎はすでに詩央を見ていない。青いペンライトを振り回している。

彼女の絶叫は、鼓膜《こまく》がやぶれそうなほどのすさまじい爆音の中に、吸い込まれていった。

朝井洋平、そろそろ本気を出す。

しわしわのエコバッグにしこたま食材をつっこみ、スーパーを出ると、駐車場に見覚えのあるおんぼろスクーターが停めてあった。

洋平《ようへい》は目をこらし、ナンバープレートを確認する。

「あっ、洋平さん。今そっち行こうと思ったんですよ」

背中から声をかけられ、洋平は振り返る。やはり知った顔であった。

「カンキチかぁ。俺ん家《ち》くるならせめて電話しろよ」

カンキチは紺《こん》色のダウンジャケットの前を寄せ、寒さに身を震わせている。

「何度もしましたよ！　洋平さん全然出ないんですもん。俺留守電残してますよね？」

関東吉之介《かんとうきちのすけ》、という一度聞いたら忘れない名を持つ後輩である。こんな苗字《みようじ》なのに生まれは九州、育ちは北海道、全国津々浦々《つつうらうら》を親の仕事の都合で転々とし、彼が名の通り関東に身を落ち着けたのはごく最近になってからだった。

りりしい眉毛《まゆげ》と、気の弱そうな垂れ目がアンバランスな青年で、人相の悪い洋平が彼を連れ回していると舎弟《しやてい》のようにしか見えない。妹の詩央《しおう》には「舎弟の人」で通じるくらいである。

「留守電なんてまだるっこしいもん聞いてねえよ」

「ね、いい返事をくださいよ。せめて年末年始の仕出し弁当屋の仕事、一緒にやりましょうよ」

「お前も飽《あ》きないやつだな」

「洋平さんには恩があります！　俺、洋平さんがここぞという場所を見つけるまで、とことんお付き合いするつもりなんで」

「勘弁してくれよ」

カンキチは責任を感じているらしい。洋平が仕事を辞めてしまったこと、そして今も無職なことについて。

彼は元職場の同僚――といっても、一緒に働いたのはほんの数ヶ月のこと。和食レストランで働いていたときの後輩であった。そのときのいざこざは、今でもはっきりおぼえている。

「何度も言ってるけどなぁ、俺はもともと仕事長続きしねぇタチなの。お前がいてもいなくても、あのボケカスぶん殴《なぐ》って辞めてると思うぞ」

洋平がほんの一瞬所属したそこは、実家の近くの、真新しい和食レストランであった。地産地消キャンペーンのもと、さまざまな名士の癒着《ゆちゃく》をもって誕生したレストランで、事情を知らずに採用面接を受けてしまった洋平は、初日を迎えた瞬間にすぐにここを去ることになるだろうと予感していた。

カンキチもカンキチで、調理師学校の就職紹介先にこのレストランが入っていたので、まさかひどい場所ではあるまいと、安心して面接に赴《おもむ》いたという。

農家の皆さんの笑顔の写真が並ぶさわやかな店内とはうってかわって、実態は絵に描いたような陰湿なオーナーによる、権力を笠《かさ》にきたワンマン営業であった。

オーナーの男は味の善《よ》し悪《あ》しもわからぬくせに一丁前に仕上がった料理に文句を垂れ、アルバイトの女性スタッフにセクハラをし、そうでないときは店の裏で競馬新聞を読みながらたばこをふかしている、名士の身内。ろくでなしの五十代である。

とある日、カンキチはこのオーナーにしこたましぼられていた。

競馬でぼろ負けしたのだろう。オーナーの虫の居所は非常に悪かった。皿を割ったカンキチに、「とろくさい」だの「弁償しろ」だの、「そもそもお前のせいで味が落ちた」だのネチネチと文句を垂れていたのであった。

洋平はそういった出来事が非常に我慢ならない性格だったし、そろそろ暑くなって通勤もだるくなりそうだったので、ここらが潮時だと思っていた。最後の記念に、オーナーの顔に一発、ど真ん中にキメてやろうと胸ぐらをつかんで、クビになったのである。ちなみにど真ん中にはキマらなかった。このカンキチが洋平の背中に抱きついて、男のくせにわんわん泣いて、彼の拳を止めたのであった。

しかし、癒着だらけのレストランで問題を起こせば、噂《うわさ》は広まる。しばらく洋平に仕事は見つからなかった。結局昔の知り合いを頼って屋台やキッチンカーなどの仕事を転々として、最低限の金を作ると、東京に出た妹の詩央のもとに転がり込み、今に至るわけだ。

詩央のアパートのリビングに申し訳程度の布製の衝立《ついたて》を置き、彼はそこに籠城《ろうじょう》を決め込んだのである。やたらときらきらしたかわゆりグッズとやらに囲まれていること以外は、まぁまぁ快適だ。予定していない住人が増えたので大家が様子を見に来たが、もともと二人以上入居可の物件であったし、洋平の顔を見るなり「最近はこのあたり、空《あ》き巣《す》も増えてるし、君みたいな子がウロウロしてくれれば防犯になるかもしれない」と承諾《しょうだく》してくれた。詩央が、独居老人となった大家の愚痴《ぐち》を普段から聞いていたことと、洋平が手作り料理でもてなしたことも、そこそこ効いたのかもしれない。

不本意な出奔《しゅっぽん》ではあったものの、東京に出ることにはわくわくしていた。新天地で心機一転、腕を振るう場所を探してやろうと、最初くらいは思っていた。

しかし、そうはうまくは転ばない。彼の職のあまりの変わりように、採用担当者たちは顔をしかめ、首を縦にふることはなかった。面構《つらがま》えの悪い洋平は、第一印象からして不利である。

慎重な連中はなんと探偵事務所を使って、洋平の過去を探っていたこともある。

問題を起こした職場は、くだんの和食レストランだけではない。忍耐強くない洋平の本性は、次々と明らかになってしまうのであった。

あっちにいってもこっちにいっても、まともな店では就職が決まらず、短期のアルバイトをしてみたり、やはり妹のすねをかじってみたりして、無為な時間を過ごした。

そうこうしているうちになんとこのカンキチ、自らも荷物をまとめて、洋平を追いかけてきてしまった。

今は同じ練馬《ねりま》区内の、洋平と詩央の住むアパートより更におんぼろのアパートを借りて、大学の学食と酒屋のアルバイトを掛け持ちしている。

「で、お前もスーパーに用事かよ」

「まぁ、今日特売日ですからね。洋平さんもそうでしょう」

互いに金にはかつかつだ。狙い所は同じである。

「一応妹に厄介《やっかい》になってる身だからな。節約節約うるせえしよ、あいつ」

そう、妹。

洋平の表情が曇る。

(最近あいつ、今にも死にそうな顔してるんだよなー……)

さすがに、貯金に手を付けたのはまずかったか。しかし妹の悩みは、もっと別のことにあるような気がする。朝起きれば陰鬱《いんうつ》な顔をして、のろのろとパンプスに足をつっこむその姿は、背中に漬物石を乗せているかのようだ。これが帰宅後や土日にも表情が変わらないのだから、間違いなく何かがあったはずだ。洋平が金を使い込むのは自分で言うのも何だがいつものことで、ここまで落ち込まれたことは今までにない。

「詩央さん、元気なんですか？」

カンキチにたずねられ、洋平は口ごもる。

「なんか、話さねぇけどいろいろあるらしいわ。あいつ昔っから愚痴聞きマシーンと化してるからな。会社でもそうなんだとよ。誰かから、余計な話を聞かされているんじゃねぇかなーとは思ってるんだが」

「ああ～……俺も何度か聞いてもらいましたもんねぇ」

「そうだっけか」

「話しやすいんですよ、詩央さんて。こっち来てから何回か家遊びに行ったとき、聞いてもらいましたよ。酒屋の主人が怖いとか、学食のおばちゃんたちにバレーボール誘われて、断り文句が思いつかないとか……しょうもない悩みもウンウンうなずいて、聞いてくれて。きっと、俺みたいなやつが詩央さんのこと困らしてるんですよ。なんでしたっけ、あれ。なんとかバンパイア」

「はぁ？」

「エナジーバンパイアっていうんでしたっけ？　依存した人に同じような愚痴を繰り返し言いまくって、どんどん鬱状態にしていくっていう。詩央さん、バンパイアに捕まってるんじゃないですか？」

「なんだソレ。ここは現代日本だぞ。お前漫画の読み過ぎじゃねえの」

「マジでいるんですよ。ほらっ、今調べますから」

スマホを取り出し、検索画面をひらく。たしかに、カンキチの言う「エナジーバンパイア」に関する記事がいくつもヒットする。

「きっとこれですよ。早くバンパイアと縁を切らせて、詩央さんのことメンタルクリニックに連れていってあげないと。この近くだと、たばこ屋の角のビルの二階がそうみたいですよ」

ご丁寧《ていねい》にメンタルクリニックの所在と評判まで検索をかけている。

バンパイアなんて、アホらしい。気に入らない奴がいたら、わけのわからん薬など飲まず、一発ぶん殴ればいいのである。

しかし、詩央は愚痴をこぼす相手を「気に入らない奴」とは思っていない。愚痴を聞くことそのものを、あまり苦痛に思っていないふしもある。徳とかなんとかいって、むしろありがたがっている。

「そのバンパイアっつー奴がいたとして、具体的な名前くらい言いそうなもんだけどな。会社であったことは一応、俺だって聞いてやってるし」

「本人も知らず知らずのうちにストレスをためて……ということも、ありえるじゃないですか。それに洋平さんに問題の人物の名前を言ったら、すぐにでもブン殴りに行きそうで、危険ですよ。洋平さんの将来を思ってあえて黙ってるのかも」

「俺のこと何だと思ってるんだよ」

まぁ実際、ぶん殴ればいいとは思ってはいたのだが。

スマホが振動する。洋平がそれを取り出すと、タイムリーに詩央からだった。珍しいことである。妹とは、最低限の要件でしか連絡を取り合うことはしない。

『ごめん、今日帰ったら即寝する。ごはん作ってたら悪いけど、タッパー入れといて』

一緒に暮らし始めてからというもの、詩央が洋平の作る食事を拒絶したことはない。

やはり、何かがあったのだ。飯も喉《のど》を通らなくなるくらいの重大な何かが。

「……どうしたんですか？」

洋平のすごんだ表情に、カンキチがおそるおそるたずねる。

「俺はなぁ!!」

洋平が大声を出したので、彼はびくりと肩を揺らした。

「俺は、ゴチャゴチャまだるっこしいこと考えるのが、一番嫌いなんだよッ!!」

トイプードルを連れた通りがかりの年配女性が、なにごとかとこちらを見ている。

カンキチは目を輝かせた。

「おお。それでこそ、洋平さんです!!」

スーパーの袋をかかげ、空《あ》いたほうの手でこぶしをにぎりしめる。

「そうですよね。頭で考えるばかりじゃ、解決なんてしないです。詩央さんにおいしいもん作って、今夜は詩央さんに語ってもらいましょうよ。バンパイアの正体をつきとめてやればいいんじゃないですか」

先ほど会計したばかりの、特売品の品を確認する。これでは、詩央の好物は作れない。

「そうだな」

バイクのメットを取り出し、ずっぽりとかぶる。

バンパイアという奴がいるかどうかはさておいて、このあたりで膝をつきあわせて話し合っておくべきだろう。

洋平とて、男だ。はなたれのときから世話した妹の厄介になり続けるつもりは毛頭ない。貯金とて、一時的に借りただけである。

「仕出し弁当の件だけどよ、前向きに検討《けんとう》しとくわ」

「マジですか⁉」

「まあ、現実的に考えて、すぐに店出すのって無理だしな。しばらくこのへんで働いてみないと、客層つかむこともできそうにねえしよ。せっかく東京に来たんだ、店出すのも東京じゃねえとな。シケた地元で店なんてやっても三日で潰れらあ」

「市場調査ってやつですね。やりましょう、やりましょう！」

カンキチは首がとれそうなほどにうなずいて、おんぼろスクーターにまたがった。

「やるならしっかり準備して、いい店やりましょうや。俺は、副料理長で、詩央さんが女将《おかみ》さん。結構いいプランですよね！」

詩央が大企業の最川堂《さいかわどう》に就職が決まったとき、本人はとても喜んだ。

もし彼女に今でもあのときと同じ気持ちがあるのなら、カンキチのプランは実現することはないだろう。

会社に対して、思うところがあるならば、それはそれでいい。身内が拾い上げるだけだ。

「俺としては、別にどっちでもいいけどよ」

「すぐつれないことを言う！　そしたら予行演習として、バーチャル板さんってどうすか。知り合いに教わったんですけど、メタバース空間で料亭出せるっぽいっですよ。ま、もちろん本業これにするっていうのはちょっとリスキーですけど……今なら結構儲《もう》かるらしいです。先にネットでつながり作っておけば、実際、店やるならこういう人脈も役立ちますって。今板前募集してて……」

「よくわからん。悪いけど後にしてくれ」

「洋平さん、後、後って電話も出ないじゃないですか！」

カンキチは文句を垂れたが、洋平はバイクを走らせて、アパートに向かって一直線。荷物をおいたら、すぐに駅へ向かわなくてはならない。

たぶん、これは詩央のSOSである。

作るメニューは決まっている。ニラ玉、大根と鶏肉の煮物、チーズとニラの入ったジャガイモ餅《もち》。そして白菜入りの肉汁うどんである。

どれも簡単な料理だ。中学生の洋平が作ったそれを、詩央はおいしいおいしいと夢中で食べた。両親は共働きで、小学校六年生の時から夕飯を作っていたのは洋平だった。

大きなうどんの器《うつわ》の前で、二つ結びの髪がうれしそうにぴょんぴょんと揺れる。あのときから、詩央はあまり変わっていない。

＊

子どもの頃、実家の台所のテーブルは、いつも散乱していた。詩央の宿題プリント、洋平の放り出した学校からのお知らせ、ダイレクトメールに市販薬の目薬、三日前のスーパーのレシート、頭痛薬、ふりかけや塩こんぶ、いつ買ったのか思い出せない岩塩と黒こしょう、出しっぱなしのマグカップ、ほとんどが空箱《からばこ》のチョコレートチップクッキー。

それらを脇に寄せ、洋平は昨日作った煮物とジャガイモ餅を置く。量が少ないので、ニラ玉とうどんも追加で作ることにする。

中学生二年生になってから、何を食べても腹が空《す》く。このところ身長も伸びて、身体があからさまに栄養を欲している。特売のチラシをにらみながら献立《こんだて》を決めるのはいつものことだったが、こと最近は最低限の材料でどれだけ腹をふくらませるかに、神経をそそいでいた。妹の詩央も食べ盛りの時期に差し掛かっていたからだ。

「お兄ちゃん、今日学校で何かあった？」

「別に」

沸騰《ふっとう》する鍋《なべ》の前で、洋平はぶっきらぼうに答える。

「うそだー。学校に行ったんだから、何もないってことないよ。何かあったでしょ」

「なにも」

「なら、いいけど」

できたてのニラ玉を前に目を輝かせるが、詩央は何か言いたそうだ。人の話を聞くのは好きなくせに、自分の話をしようとするときは、いやにもじもじする。

空欄《くうらん》で提出した進路志望の用紙が、洋平の頭をよぎった。

「お前こそ。テーブルにプリントが散乱してるぞ」

詩央はびくっとする。

赤字だらけの算数のテスト用紙。詩央は数字がてんでダメだ。母親に見つかったら、お小言《こごと》確定である。あえて見つかるところに置いているのは、自分から報告する勇気がないせいだ。気が重たいのだろう。

「せめて、自分のこと解決してから人の話聞けよな」

かさ増しに白菜をしこたま入れたうどんを置いた。

改めて互いに手をあわせ、箸《はし》を動かす。

詩央は無心でうどんをすすっている。これに集中しなければ、たちまち中身がなくなってしまうと言わんばかりの食いつきっぷりだ。

部屋には石油ストーブがついていたが、やはり冬はしんと冷たく、そのぶんうどんは胃にしみわたる温かさだった。

詩央は、黄金色のうどんの汁を飲み干している。関西風のうどんで、だしのうまみがきいている。母の作る醤油《しょうゆ》とみりんの味がドンと伝わってくるうどんとは、まったく違った味わいだ。図書館で借りたレシピ本通りに作ったものである。彼女はようやくほっと落ち着いてから、小さく反論した。

「お兄ちゃんだって、前テスト怒られてたじゃん……」

「俺はもともとアホだからいいんだよ」

開き直った洋平をじとっと見て、詩央はじゃがいも餅にかぶりついた。もちもちと口を動かしながら、迷ったように言った。

「……お母さん、別にお兄ちゃんのことアホって思ってないよ。『私より手先が器用だ』って」

「詩央」

「ごちそーさまっ」

先に食べていた彼女は、食事を終えるのも早い。

このところ、進路の件で両親とさんざんにもめていた。自分が大勢の同級生と同じく進学して、普通の高校に行って大学生になり、サラリーマンになることなど想像もできなかったし、かといって特別にやりたいこともなかった。

詩央の飲み干したうどんの器が、てらてらと光っている。

彼女はそれを手に取ると、いそいそと流しに運び、スポンジに洗剤をつける。

うどんに唐辛子《とうがらし》も入れられないお子ちゃまのくせに、たまにこちらが驚くようなことを言う。

朝井詩央、わが妹ながら、あなどりがたし。

＊

懐かしいことを思い出していた。

バイクを適当なところに停め、洋平は鼻からゆっくりと息を吐く。

あれから気が遠くなるほど長い時間が過ぎた。兄妹は大人になり、住み慣れた町を離れ、互いに違うものと戦っている。

しかし、妹のために食事を作ろうとするとき、意識はあの台所のテーブルに帰ってくる。

特に何か、心に引っかかることがあるときは。

あのしょぼくれた妹を迎えるのは、やはり白菜うどんでなければならない。

唐辛子を買うかどうかは、本人に改めて確かめる必要がある。もう昔の詩央ではないのだから。

大泉学園《おおいずみがくえん》駅を降りると、洋平はゆっくりと駅の階段をのぼる。

クラッチバッグを片手に、彼は辛抱《しんぼう》強く、改札をにらみつけていた。

※この作品はフィクションです。実在の人物・団体・事件などにはいっさい関係ありません。

集英社オレンジ文庫をお買い上げいただき、ありがとうございます。
ご意見・ご感想をお待ちしております。

● あて先
〒101-8050　東京都千代田区一ツ橋2-5-10
集英社オレンジ文庫編集部 気付
仲村つばき先生

愚痴聞き地蔵、カンパニーのお家騒動に巻き込まれる。

集英社
オレンジ文庫

2024年1月23日　第1刷発行

著　者　仲村つばき
発行者　今井孝昭
発行所　株式会社集英社
〒101-8050東京都千代田区一ツ橋2-5-10
電話 【編集部】03-3230-6352
【読者係】03-3230-6080
【販売部】03-3230-6393（書店専用）
印刷所　TOPPAN株式会社

ISBN 978-4-08-680540-7 C0193

集英社オレンジ文庫

仲村つばき

廃墟の片隅で春の詩《うた》を歌え

シリーズ

廃墟の片隅で春の詩《うた》を歌え 王女の帰還

革命で王政が廃され、辺境の塔に幽閉される王女アデール。
亡命した姉王女から王政復古の兆しを知らされ脱出するが!?

廃墟の片隅で春の詩《うた》を歌え 女王の戴冠

第一王女と第二王女の反目が新王政に影を落とす――。
アデールは己の無力さを痛感し、新たな可能性を模索する。

ベアトリス、お前は廃墟の鍵を持つ王女

三人の王族による共同統治が行われるイルバス。兄弟との
衝突を避け辺境で暮らすベアトリスは、ある決断を迫られる。

王杖よ、星すら見えない廃墟で踊れ

伯爵令嬢エスメは領地の窮状を直訴すべく、兄に代わり
王宮に出仕した。病弱で我儘と噂の末王子に直訴するが!?

クローディア、お前は廃墟を彷徨《さまよ》う暗闇の王妃

長兄王アルバートは権勢を強めるべく世継ぎを生む
妃探しに乗り出した。選ばれたのは訳ありの修道女で…?

神童マノリト、お前は廃墟に座する常春の王

友好国ニカヤで幼王マノリトの後見人を務める
女王ベアトリスを訪ねたエスメ。だがニカヤは政情不安で…。

ベアトリス、お前は廃墟を統べる深紅の女王

王冠を捨てた王女カミラが帰還した。つぎつぎと
集結するイルバス王家と〈赤の王冠〉、ついに全面対決!

好評発売中

【電子書籍版も配信中　詳しくはこちら→http://ebooks.shueisha.co.jp/orange/】